내가 몰랐던 정답

내가
몰랐던
정답

박현진 지음

프로방스

남의 눈에 별이 되고 달이 되게 해 주세요!

내가 어릴 때다. 엄마가 거칠어진 손을 비비며, 나를 위해 말했던 기도 소리였다. 한때 나는 천 길 낭떠러지에 매달려 지내던 시절이 있었다. 엄마는 삶의 끝자락에서 나를 붙들었다.

불현듯 들려왔던 엄마의 기도 소리는, 나를 세상에 대한 두려움에서 벗어나게 해 주었다. 운전 중에 갑자기 눈물이 핑 돌아, 정자나무 아래에 차를 세웠다. 나는 가슴에 가득 차 있는 슬픔을 보았다.

그 후 나는 책 속에서 길을 찾아 나섰다. 매일 도서관에서 고전이라고 불리는 책을 읽고 또 읽었다. 성현들의 지혜가 나를 일깨웠다. 책을 읽고 쓰는 일이 일상이 되었을 무렵, 기적같이 찾아온 기회가 나의 선택을 부채질했다.

힘들게 이루어 낸 성취의 순간은, 값진 경험으로 나를 성숙하게 했다. 하나같이 공짜는 없었고, 모든 것이 노력의 산물임을 절실하게 느꼈다.

나는 자신의 내면에서 올라오는 욕구에 너그러워졌고, 욕심에는 펜으로 빨간 줄을 긋기 시작했다. 온전한 나로 살기 위해 매일의 성장을 제일의 가치로 여기며 살았다. 나는 나약함과 게으름을 극구 경계했다.

내가 성장하는 삶의 문턱을 넘어섰을 때, 탁 트인 세상의 시야를 한눈에 바라볼 수 있는 고요함을 경험했다. 그때 나도 누군가의 삶에 시원한 그늘이 되고 싶은 욕망이 솟았다.

나는 여생의 사명감으로 자아실현을 꿈꾸고 있다. 그 결과물의 하나로, 내 안에 있는 조그마한 에너지들을 일일이 꺼내어 한 권의 책으로 엮어 낼 수 있었다.

나의 이야기가 누군가에게 유익하고, 재미있고, 힐링이 되었으면 한다. 거친 세상이지만, 힘들어 하지 않고 살았으면 하는 마음이다.

나는 문득 돌아가신 엄마가 그리워질 때면, 갑자기 눈시울이 뜨거워져 이내 이슬 져 버린다. 지금도 늘 그렇다.
나를 위한 엄마의 기도 소리는, 이제 독자 여러분을 위한 나의 기도 소리로 들려드리고 싶다.

"남의 눈에 별이 되고 달이 되게 해 주세요!"

2021년 화사한 봄날에

박현진

차례

Part 5

그늘이 시원하니 쉬어가더라

Part 6

양이 적으면 힘을 쓸 수 없다

Part 1

벼랑 끝에서
살아남는
방법

패닉의
날들

이전부터 계획한 일이 있어 준비한 자금을 증권에 넣어놓았다. 계획이 차일피일 늦어지는 바람에 주식을 샀다. 하필 IMF 외환위기가 들이닥쳤다. 처음 겪어보는 일이라 떠도는 이야기들로 세상은 공포였다.

길을 잃었다.
멀건 대낮인데도 길이 보이지 않았다.
길을 찾지 못하고 헤맸다.
눈에 보이는 세상이 온통 가시였다.

예상하지 못한 일로 큰 손실을 보게 되었다.
주식으로 없어진 금액만도 수억이었다.
전 재산을 잃는다는 건 상상도 못 한 일이었다.
가진 것을 다 잃고 나니 주위에 내 편이 아무도 없었다.

"이번 위기 상황은 상당히 오래갈 것이다."

그날부터 언론에서는 암담한 이야기만 흘러나왔다. 나는 정신적인 치료를 받아야 할 정도로, 극도의 불안에 시달렸다.

아무 일도 할 수 없는 무기력 상태가 되어가고 있었다. 나는 아이를 업고 길을 나섰다. 바로 앞을 보니 천 리 낭떠러지였고, 물러서서 뒤를 돌아보니 가시밭길이었다. 꿈이었다.

어리석음이 부른 고통이었다. 이야기할 곳도 없이 마음에 단단히 병이 났다. 나는 금방이라도 무슨 일이 일어날 것 같아 불안했다. 마음의 병은 날이 갈수록 더해 갔다.

세상을 끝내고 싶은 마음이 스멀스멀 고개를 들었다. 그러다가도 아이들 얼굴을 보면 그럴 수 없었다. 답답하고 슬프기만 했다.

"어떻게 살아야 하나?"

사람은 힘들 때 엄마를 찾는 것 같다. 나는 엄마 얼굴을 보고 위안을 받고 싶었다. 고속도로를 달려가고 있었다. 그때 이상한 현상이 바로 눈앞에 일어났다. 차가 굴러 언덕으로 떨어졌다.

나는 머리를 흔들고 운전대를 꼭 잡았다. 머리에는 피가 줄줄 흐르고 팔이 날아가고 다리도 날아갔다. 마치 한 편의 공포 영화였다. 차바퀴가 빠져 달아나고 옆 차 앞차가 부딪치며 나는 굉음과 함께 아우성치는 사람들 소리도 들렸다.

나의 정신세계가 단단히 고장 났다. 머릿속에는 여러 사람들이 들어 있어 시끄러웠다. 갑자기 고속도로가 좁아지기 시작했다. 정신이 혼미해져, 급하게 브레이크 페달을 밟았을 것이다. 지나가던 차들은 위험신호의 경적을 울렸다. 조심조심 갓길에 차를 세웠다.

'혹시 이것이 말 만 듣던 환각이나 환청이 아닌가?'

정신을 차릴 수가 없어 차에서 내렸다. 살펴보니 팔다리는 온전했다. 차 주위를 돌아다니며, 차바퀴가 빠져 도망갔는지 확인해 보았다. 자동차 바퀴는 그대로 있었다.

다시 천천히 시동을 걸어 자동차 정비공장으로 갔다. 정비하는 직원 아저씨에게 물었다.

"차바퀴가 도망가는 것 같아요."

직원 아저씨는 나의 말을 알아듣지 못하는 눈치였다.

"정상인데요? 차바퀴는 달릴수록 더 잠깁니다."

그때 처음으로 차바퀴는 달리면 더 잠긴다는 사실을 알았다. 직원 아저씨의 이야기를 듣고 안심이 되었다.

마치 허허벌판에 혼자 서 있는 느낌!

그렇게 울면서 많은 세월을 보냈다. 기억하고 싶지 않은 지난 세월을 제쳐두고, 꺼져가는 마음 한구석의 작은 에너지들을 일깨워, 맹렬히 공부하기 시작했다. 책만 보며 수년을 버텼다.

행복은 우리에게 소극적이지만,
잔인한 불행은 너무나도 적극적이었다.
긴 세월 동안 잘못된 생각으로,
가까이 있는 사람들에게 고통을 주었다.

그 후 나는 오랜 시간을 책과 마주했다.
나에게 또 다른 기회가 다가왔다.
잃었던 것보다 더 가치 있는 것을 찾았다.
긴 시간을 돌고 돌아 20년이 걸렸다.

내가 나를 귀하게 생각하지 않으면
누구도 나를 귀하게 생각해 주지 않는다.
세상이 온통 가시로 보이는 이유는
자신만의 아름다움을 발견하지 못한 까닭이다.

우리는 어려운 일이 생기면 쉽게 좌절한다.
용기 있는 자만이 내면의 힘을 붙잡고 줄기차게 나아간다.

들리지는 않지만
반란이었다

언니의 몸이 불평하기 시작하고 있다는 생각이 들었다. 세수하는 일도, 옷을 입는 일도, 양말을 신는 일도 힘들다고 했다. 언니에게 매일 하던 일들이 이제는 하기 힘든 엄청난 일로 바뀌었다. 들리지는 않지만, 몸이 반란을 일으키고 있는 소리였다.

언니는 파킨슨병이라는 진단을 받았다. 파킨슨병은 우울증과 동시에 온다고 했다. 언니는 자신의 손으로 밥이라도 떠먹을 수 있으면 좋겠다며 눈물을 흘렸다. 언니와의 통화가 끝나면 가슴이 너무 아팠다. 나는 형부와 조카에게 문자로 보냈다.

"의학이 발달한 나라에서 못 고친다는 건 말도 안 돼요. 우리가 언니 살려 볼 길을 찾아봐요. 물론 형부와 조카도 노력했지만, 그래도 다시 한번 다른 방법을 찾아보자는 거예요. 스트레스를 받아서 발생한 병이라고 생각해요."

나는 언니를 치료하기 위해 미국이든 어디든 가보자고 했다.

파킨슨병이 나을 수 없는 병인 줄 알면서도 억지라도 부려보고 싶었다. 가슴에 맺힌 답답함을 이야기해야 살 것 같았다. 언니가 온종일 약에 의지하여 혼자 집에 있다고 생각하니 견딜 수가 없었다.

이튿날 저녁에 TV를 보다가 마침 '명의'라는 프로그램을 보게 되었다. 연세대학교 의대 교수가 나와 파킨슨병에 대해 알려주는 프로그램이었다. 수술하면 완쾌는 아니더라도 예전보다 삶의 질이 좋아질 수 있다고 했다.

퇴원한 환자가 걸어 다니는 모습까지 보여주었다. 환자와 이야기하면서 손 떨리는 강도를 눈으로 관찰하며, 수술하는 장면을 직접 볼 수 있었다. 언니도 고칠 수 있겠다는 희망이 생겼다.

인터넷으로 검색하여 방송에 출연한 명의를 찾았다. 다음날 연세대 병원에 전화했다. 파킨슨병 전문 의사와 진료 예약까지 마쳤다. 앞으로 6개월을 기다려야 진료를 받을 수 있다고 했다. 좋은 의사를 만나서 수술할 수 있다고 생각하니 잠이 오지 않았다.

우리는 늘 자신이 몸을 대수롭지 않게 생각하다가,
어느 날 갑자기 와버린, 병마와 싸워야 하는 일이 생긴다.

두 팔로 움직일 수 있어서
미안해

TV를 보면서 다른 환자들처럼 언니도 나아질 수 있다는 희망을 품고, 병원 가는 날만을 학수고대하고 기다렸다. 언니와 매일 전화하면서 날짜를 세고 또 확인했다.

예약한 날짜 하루 전에 병원에서 연락이 왔다. 사전 검사가 있으니 아침은 먹지 말고 7시 30분까지 병원에 도착해야한다고 했다. 언니가 저녁에 음식을 든든하게 먹어야 다음날 검사받을 때 잘 견딜 수 있을 것 같았다.

싱싱한 전복을 사서 죽을 만들었다. 식탁에 마주 앉았으나 언니는 혼자 숟가락을 들지 못했다. 나는 전복죽을 언니에게 떠먹였다. 언니는 다른 사람의 도움 없이는 아무것도 할 수 없었다.

"언니야! 미안해!"
멀쩡한 나의 두 손을 보니 미안한 생각이 들었다.
참고 있던 눈물이 손등에 떨어졌다.

힘들어하는 언니를 바라보는 일이 고통스러웠다.

나의 두 손을 한 손씩 나누어 가질 수만 있다면,

얼마나 좋을까 하는 생각이 간절했다.

평소와 다르게 우리 자매는 이야기를 나누는 대신 서로를 바라보며 눈물만 흘렸다. 언니가 흘리는 눈물은 마치 나 좀 살려달라고 애원하는 것만 같았다. 약으로는 늦출 수 있어도 완치는 힘들다는 이야기를 많이 들어왔다. 언니도 그 사실을 잘 알고 있기 때문에, 더 불안하고 두려울 것이다.

둘이서 모처럼 한 이불을 덮고 누웠다. 서로의 마음을 잘 알고 있기에 눈을 마주하자 참았던 감정이 북받쳐 올라왔다. 미리 알아채지 못한 내 몸에 대한 대가치고는 너무 가혹했다. 우리는 그렇게 울다가 잠이 들었다.

다음날 서둘러 서울로 출발했다. 복잡한 서울의 출근길에 혹여 예약 시간에 늦을까 걱정되어 일찍 나섰다. 두 자매는 손을 꼭 잡고 차에서 내려 접수실로 가면서 나는 다정한 목소리로 말했다.

"언니야, 병원이야. 갈 때는 나아서 가자!"

희망을 가득 안고 접수실 쪽으로 가고 있었다. 완쾌될 수 있다는 생각에 기대에 부풀어, 병원에 도착하니 기분이 너무 좋았다.

접수하고 진료실 앞에서 한참을 기다렸다.

병원 대기자 명단 전광판 화면에 언니 이름이 나왔다. 나는 언니 손을 꼭 잡고 귀에다 속삭였다.

"언니! 이름 나왔어!"

손과 눈이 같이 하나, 둘, 셋, 넷! 네 번째에 있는 언니의 이름을 확인했다.

전광판 화면을 바라보는 언니의 눈빛이 어제와는 달라 보였다. 생에 대한 애착을 담은 눈빛은 희망이 가득하고 유난히 생기가 있고 빛났다. 기다리던 언니의 차례가 왔다. 진료실로 들어갔다.

연세대 교수인 명의는 이전에 다녔던 병원에서 가져온 소견서와 사진을 살폈다. 잠시 후, 명의는 진단 결과를 알려주었다.

"환자는 파킨슨병이 아닙니다. 정확한 병명은 '파킨슨 증후군'입니다. 파킨슨병은 수술이 가능합니다. 하지만 '파킨슨 증후군'은 동물에게 실험 중이라 사람에게는 언제 시술할지 모릅니다."

하늘이 무너지는 것 같았다. 진료실에서 허망한 이야기를 듣고 나와야 했다. 기가 막혀 가슴을 치는 언니의 심장 소리를 들었다. 두 자매는 진료실 문 앞에서 서로를 안고 한참을 울었다.

'무슨 이런 일이 또 있단 말인가?'

모기가 물어서 가려워도 긁을 수도 없고 모기를 쫓을 수도 없다. 자유롭게 걸어 다닐 수도, 배가 고파도 먹여 주지 않으면 먹을 수도 없다. 지금은 병세가 더 악화되어 자신의 의사 표시도 정확하게 할 수 없게 되었다.

언제까지나 내 몸이니, 내 마음대로 할 줄 알았다.
인생이란 누구도 모르고 사는 것이라,
예상할 수 없는 일을 겪을 수 있다.
천금 같은 내 몸이니,
몸에서 보내는 작은 소리에 귀를 기울여야 한다.

잠을 자다가 깨어 눈을 뜨면,
나에게 성한 팔이 두 개나 있는 것이,
언니에게 너무너무 미안하고 죄송스럽다.

아버지와
호롱불

아버지는 말씀은 많이 하지 않으셨지만 자상했다. 나는 어느 날 밤 화장실에 가고 싶어 아버지를 흔들어 깨웠다. 옛날 재래식 화장실이라 잠자는 방 하고는 멀리 떨어져 있었다. 게다가 우리 집 시골 마당은 넓었다. 한밤중에 혼자 가기는 먼 거리였다.

아버지는 사각 호롱불을 들고 따라왔다. 나를 화장실에 들여 보내고는, 화장실 앞에서 기다려 주셨다.

"으흠!"
아버지는 한 번씩 헛기침을 했다.
나는 아버지의 헛기침 소리를 들으면서,
편안하게 볼일을 보았다.
아버지가 왜 헛기침을 하셨는지는 그때는 몰랐다.
"나 여기 있다!"

헛기침은 내가 불안해할까 봐 일부러 하셨던 신호였다.
아버지의 자상하고 깊으신 마음을 지금에야 알 것 같다.

지나고 보니 헛기침 소리는 아버지의 진정한 사랑이었다.
나이가 들어 아버지의 마음을 깊이 헤아릴 때는,
아버지가 이 세상에 계시지 않았다.

엄마의

기도 소리

마실길에서 시원한 가을바람과 마주했다. 아름다운 꽃길로 소리 없이 이끌려갔다.

강가에 키 큰 코스모스가 혼자는 외로운지 무리를 지어 피어 있었다. 하늘거리며 곧 부러질 것만 같은 가느다란 줄기와 여리고 고운 꽃잎이 참 아름다웠다.

끝도 없이 만발한 코스모스 꽃길을 걸어가며 상념에 잠겼다. 바람이 지나간 자리에 쓰러질 듯 쓰러질 듯 장관을 이뤘다. 이상하게 향기가 나지는 않았지만 꽃향기를 느낄 수는 있었다.

'가을이 가고 나면 이내 매서운 겨울이 찾아오겠지.'라고 생각하며 길가에 덩그러니 놓여있는 낡은 의자에 앉았다. 나는 수많은 꽃들을 바라보며 이야기를 나누었다.

어릴 때 엄마 생각이 떠올랐다.

잠자는 나를 엄마가 깨웠다.

"일어나서 얼른 세수하고 어디 좀 같이 가자!"

엄마는 새벽부터 목욕 재개하시고 단정한 모습이었다. 갈아입은 새 옷에서 향기로운 냄새가 났다. 잘 싸여진 보자기를 나에게 주면서 들고 따라오라고 했다. 엄마 손에는 큰 보자기가 들려 있었다.

엄마의 또 다른 한 손에는 등불이 들려 있었다. 이른 새벽이라 천지에 어둠이 짙게 깔려 있었고 날씨는 추웠다. 집을 나서기 전에 엄마는 나에게 당부했다.

"길을 가다가 뒤를 돌아보지 말아라."

엄마가 당부한 말이 자꾸 신경이 쓰였다. 하지 말라고 하니까 더 하고 싶어졌다. 뒤를 돌아보고 싶은 마음이 스멀스멀 올라와 견디기가 힘들었다. 그래도 참아야지 하면서 속으로 꾹꾹 눌렀다.

지구에서 거꾸로 하는 동물이 두 분류가 있다고 한다. 하나는 청개구리고 하나는 인간이라고 했다. 누가 잡아당기는 것처럼 뒤를 돌아보고 싶었지만, 엄마와의 약속을 지키기 위해서 참았다. 혹시 어겼다가 어두운 새벽에 큰일이 날지도 모른다는 생각에, 억지로 참으면서 엄마 뒤를 졸졸 따라갔다.

한참을 가다가 엄마는 산 아래 깨끗한 물이 흐르는 개울가에 앉았다. 엄마는 아무런 말도 없이 내가 들고 있던 보자기를 받았다. 보자기 안에 있는 하얀 보자기를 꺼내어 자갈 위에 깔았다. 그리고 촛불을 켜놓고 과일과 음식을 차려놓고 두 손을 모아 빌기 시작했다.

엄마의 거친 손과 손이 마주 비비는 소리가 사그락사그락 났다. 작은 바람 지나가는 소리와 함께 하늘나라 천사가 와서 이야기하는 것 같았다. 엄마는 빌면서 소곤소곤 작은 이야기로, 가족들의 이름을 한 사람씩 말하면서 식구들의 소원을 빌었다. 그중에 나의 이름이 들렸다. 가만히 귀 기울이고 들었다.

"남의 눈에 별이 되고 달이 되게 해주세요!"

엄마의 기도 소리를 듣고 있는 나는 손이 시렸다. 엄마는 손이 시린 줄도 모르고 빌고 또 빌면서, 허리를 굽혀 절까지 하면서 빌었다. 간절한 새벽기도가 끝났다.

엄마는 가지고 온 하얀 소지 종이에 불을 붙여서, 불씨를 '후' 하고 불어서 하늘로 날려 보냈다. 소지 종이에 남아있던 불씨는 하얀 가루가 되어, 가족의 소원을 담아 하늘을 향해 높이 날아올라 갔다.

한해를 무사히 보내게 해달라는,
지극하고 간절한 엄마의 기도 소리는,
늘 나의 가슴에 남아있다.

엄마는 이 세상에 계시지 않지만,
나는 별처럼 빛나는 사람으로,
보름달처럼 풍성하고 여유로운 사람으로,
묵묵히 성실하게 살아가고 있다.

자신을 묶은
족쇄

친구 경숙이는 나와 같이 사업을 할 수 있게 되어 너무 좋다고 말했다.

"나이 들어서 친구밖에 없네. 자식에게 기대지 않아도 되겠다. 노후 걱정 끝!"

나도 맞장구를 쳤다.

"나도 그래!"

우리는 겁 없이 세상을 향해 도전해 보겠다고 마음을 맞추었다.

나와 경숙이는 학교 동창이자 고향 친구였다. 졸업 후 멀리 살았던 탓에 자주 만나지 못했다. 경숙이의 남편은 젊을 때부터 사업하는 사람으로, 친구들 사이에서 제법 소문나 있는 재력가였다.

"기회인 것 같아. 너는 사업수완이 있어 잘할 수 있을 거야!"

나는 경숙이의 적극적인 권유로 서둘러 사업을 진행했다. 서로 믿을 수 있게 동업계약서를 하나씩 나누어 가졌다. 마음의 저울은 한 치도 기울지 않고 균형을 이루었다.

주위 지인들의 도움으로 직원도 원만하게 채용했다. 우리들은 기쁜 만큼이나 자신감이 차고 넘쳤다. 그런데 눈에 보이지 않는 두 사람의 욕구가 드러나기 시작했다.

마음이 급할수록 중심이 날뛰는 것이다. 경숙이와 나는 더 채우고자 하는 욕구가 생겼다. 처음에 계획한 것보다 두 배로 늘려 계획을 세웠다. 어쩌면 서로 믿는 마음이 컸을 수도 있다. 평소 잠재했던 능력을 발휘해보기로 했다.

사람은 욕구가 만족 되어도,
금세 더 큰 욕구로 이어진다.
진정한 행복은 욕구에 끌려 다니지 않는다.

안타깝게도 인간은 욕구가 족쇄로 변한다는 것을,
잘 모르고 살고 있다.
욕구는 아궁이에 타는 불과 같아서.
더 많은 장작을 요구하게 된다.

벼랑 끝에서
살아남는 방법

　일 년이 지난 어느 날이었다. 회의를 끝내고 스마트폰을 들여다보니 친구 경숙이에게서 부재중 전화가 와있었다. 나는 바로 경숙이에게 전화해서 안부를 물었다.

　"전화했네! 잘 지내지?"

　경숙이의 목소리는 여느 때와 달리 힘이 없었다.

　"급히 돈이 필요한데 어쩌면 좋으냐?"

　적은 금액이 아니라서 마음이 심히 불안하고 흔들렸다. 나는 일단 고민해 보자고 말하고는 전화를 끊었다.

　경숙이의 갑작스러운 이야기를 쉽게 납득할 수 없었다. 2년도 되기 전에 이런 일에 봉착할 줄은 몰랐다. 그렇다고 경숙이의 돈을 모두 돌려줄 형편도 되지 않았다. 처음 일을 시작하자고 할 때는 상상조차 할 수 없었던 일이었다.

　우선 이유가 궁금해서 경숙이를 만났다.

　"남편이 사업을 확장하면서 큰 문제가 생겼어!"

그러한 관계로 이혼까지 하게 된 사실을 털어놓았다. 경숙이의 안타까운 이야기를 듣고, 나는 이해하려고 애썼지만 당장 큰 돈을 마련하기가 쉽지 않았기에 마음이 편치 않았다. 하지만 경숙이에게 불편한 마음을 드러내지는 않았다.

실타래가 꼬이는 느낌!

술술 잘 풀리던 일이 갑자기 이렇게 될 줄은 정말 몰랐다. 그 당시 경숙이는 나를 믿고 계약서도 쓰지 않고 거액을 송금해주었다. 그때를 생각하면 경숙이에게 고마운 마음뿐이었다.

'바꾸어 만약 나였으면 그럴 수 있었을까?'

쉽지 않은 결정이었기에 나는 나를 믿어준 고마운 친구에게, 의리를 지켜주고 싶은 마음이 먼저 올라왔다. 돕는 길은 금전적으로 보탬이 되는 수밖에 없었다. 친구가 원하는 대로 금전적으로 깔끔하게 해결해 주었다.

벼랑 끝에 선 나!

순식간에 나는 상상도 할 수 없는 거액의 빚더미에 올라앉았다. 혼자서는 엄두도 내지 못할 큰 금액이었다. 먼저 사업하자고 한 것도 아니고 강제로 권한 것도 아니었지만, 결국 모든 책임은 나에게로 돌아왔다.

혼자 벼랑 끝에 선 나는 살아남을 방법을 찾아 공부했다. 좁고

험난한 길을 열심히 따라갔다. 열리지 않을 것 같았던 문을 두드려서 열었다.

유능한 뱃사공은 거친 파도를 두려워하지 않는다!
벼랑 끝에서 인내하고 버텼다.
주도면밀하게 연구하고 매달리다 보니,
까마득하게 높았던 벼랑이,
나의 눈앞에서 서서히 허물어졌다.

마지막 힘든 고통에서,
'단 하루'를 참지 못하여 무너지는 일이 허다하다.
참을 수 없을 때 굴하지 않고 '단 하루'만 더 참으면,
내가 바라던 그 날이 반드시 찾아올 거라고 믿었다.
다시는 오지 않을 것 같았던 따스한 봄이 가까이 왔다.

나에게 이런 일이 없었으면 안주했을지 모를 일이다. 노력한 결과로 혼자 성공의 길로 나갈 수 있었다. 나는 그 분야에서 우뚝 섰다. 부지런히 노력하면, 마지막 행운이 따라오면서 벼랑이 사라진다. 그 자리에 머물러 가만히 서 있는 것이 문제지, 쉬지 않고 걷기만 하면 언젠가는 분명 도달하는 길이다.

할머니의
콩글리시

비행기 출발 시간이 다 되어가는데도 나의 옆 좌석은 여전히 비어 있었다. 바로 그때 바쁜 걸음으로 가방을 어깨에 걸치고 다가오는 사람이 있었다. 땀을 흘리면서 가볍게 목례를 하며 옆자리에 앉았다. 체구가 보통 남자의 두 배 이상이 되는 남자였다.

앉는 순간 의자가 꽉 차면서, 옆 좌석까지 옷자락이 넘어와 열기가 느껴졌다. 옷에는 땀이 군데군데 젖어 있었다. 지금부터 아홉 시간 이상 비행기 안에 같이 가야 하니 조금은 걱정스러웠다.

이내 비행기는 서울 하늘을 멀리하고 태평양 바다 위를 날아오르고 있었다. 내려다보이는 바다는 하늘에 푸른빛을 받아 환상적인 그림을 그렸다. 시간이 조금 지나자 스튜어디스가 다가와서 음료수를 주문받았다.

옆 좌석의 남자는 목이 말랐는지 스튜어디스에게 음료수를 주문했다. 오렌지주스를 컵으로 받으려는 순간 그만 실수로 나의 옷에 쏟아버렸다. 나의 흰색 셔츠 한쪽이 노란색으로 변해 버렸다.

그 남자는 연신 미안하다고 했다. 불편했지만 미안해하는 남자에게 괜찮다고 했다. 나는 고개를 돌려 창밖을 내다보았다.

구름 위에는 깨끗하고 강렬한 햇볕이 눈이 부셨다. 행복한 사람은 구름 위에 태양을 보고 불행한 사람은 구름 아래 비를 본다고 했다. 잠시 불쾌했던 감정이 사라졌다. 잠도 자고 기내에서 차려주는 맛있는 음식도 다 챙겨 먹었다. 비행기에서 내릴 일만 남았다. 빨리 가족들이 보고 싶었다.

나는 멀리 있는 가족과 가까워질수록 설레었다. 곧 도착한다는 안내방송이 나오고, 스튜어디스의 안내를 받아 비행기에서 내렸다.

마중 나온 가족들을 보니 흐뭇했다. 딸을 보니 고향에 온 듯 편안함을 느꼈다. 집에 와서 비행기 안에서 있었던 이야기를 나누며 웃었다.

며칠 후 딸이 물었다.

"엄마, 잠시 외출해노 괜찮겠어요? 손자와 둘이 있을 수 있겠어요?"

나는 말했다.

"이젠 눈치코치로 알아들을 수 있어! 걱정하지 말고 다녀와!"

손자는 미국에서 태어나서 아직 한국말을 잘 못했다.

"키스 미!"

기분이 좋으면 할머니 볼에 뽀뽀해주는 정도로 친하게 지냈다. 나는 손자와의 소통쯤은 문제없다고 생각했다. 같이 지낸 지는 며칠 되지 않지만, 서로 눈치로 잘 통했다.

손자는 눈치가 100단쯤 되는 아이다. 할머니가 잘 못 알아듣고 웃기만 해도, 손자는 이내 포기인지 이해인지 잘 알고 넘어갔다. 그러니 괜찮을 것 같았다.

"게임을 하고 싶으면 할머니에게 허락받아야 해. 알았지?"

딸은 외출하면서 손자에게 일러두고 간 모양이었다. 나는 그 사실을 몰랐다. 손자는 게임기를 가지고 와서 나의 볼에 뽀뽀를 퍼부었다.

나는 그런 손자가 귀여워서 어쩔 줄 몰랐다. 그냥 활짝 웃으면서 고개를 끄덕였다. 볼에 뽀뽀해주면 허락해준다는 것을 잘 알고, 꾀를 낸 손주 녀석을 당할 방법이 없었다.

몇 시간이 지났다.

손자가 로봇 장난감을 가지고 놀다가 나에게 물었다.

"니 하오?"

나는 손자가 벌써 중국말까지 배우고 있나 하는 생각이 들었다.

"니 하오? 라고 말하네."

세 살짜리 손자가 귀여워서 그냥 웃었다.

손자는 로봇을 들고 울상이 되었다.

답답한 듯이 팔짝팔짝 뛰면서 몇 번이나 소리쳤다.

"니 하오? 니 하오? 니 하오?"

나는 손자를 쳐다보기만 해도 좋았다.

무슨 이야기인지 몰라도 그냥 깔깔 웃었다.

말하는 모습이 신기하여 안아주었다.

내가 자기 말을 들어주지 않으니, 지쳤는지 작은 소리로 울먹였다.

"니 하오? 이잉, 이이잉!"

손자는 로봇 장난감을 바닥에 놓아버렸다.

그때 마침 대문 벨이 울렸다. 귀가하자마자 딸이 손자에게 물었다.

"할머니하고 잘 놀았니?"

손자는 울먹이며 나랑 있었던 이야기를 했다.

"할머니에게 로봇 장난감 고쳐 달라고 했는데, 깔깔 웃기만 했어요!"

손자의 '니 하오'는 'need help'로 도와 달라는 말이었다.

나는 '니 하오'라는 중국말로 잘못 알아들었다.

그래서 손자는 웃기만 하는 나에게 몇 번이나 소리쳤던 것이다.

딸은 아들을 안고 달래며 말했다.

"어이구 불쌍한 우리 아들! need help 해도 할머니는 웃으면서 놀리기만 하고!"

딸이 한바탕 웃었다.

"할머니, 코미디!"

그 이후 식구들이 모이면 그날 나와 손자가 있었던 이야기를 하고 웃었다.

"니 하오?"

두고두고 이야깃거리가 되었다. 그때 손자의 말이 어떻게 '니 하오'로 들렸는지?

그 이후 손자는 한국말을 배우고 있다고 했다.

"할머니, 안녕하세요!"

요즘은 전화로 인사를 제법 잘한다.

손자는 나와 한국말로 대화하고 싶어한다고 했다.

한국으로 돌아와서는 영어를 배워야겠다고 생각했다.

Part 2

성공의 비결

쌀밥

오랜만에 소고기 갈비찜을 만들었다. 엄마께서 식사하시면서 말씀하셨다.

"목에서 목탁 소리가 난다!"

어째서 목에서 목탁 소리가 나는지 궁금했다. 엄마는 일제하의 식민지 시절을 지나 6.25 전쟁까지 겪은, 그 옛날의 절박하고 힘든 인생살이 이야기를 들려주셨다.

엄마는 양반집 무남독녀로 귀하게 태어나셨다. 지금에는 상상이 가지 않는 일이지만, 어른들끼리 약속한 이유로 결혼을 해야 했다. 18살에 신랑 얼굴도 모르고 시집을 와서 보니, 시어른과 어린 시동생이 5명이나 있었으며 엄마의 시댁은 가난했다.

대식구 수발에 눈코 뜰 새 없이 바쁜 엄마는 늘 고달팠다. 시어른 밥상을 올리고, 신랑과 시동생들 밥을 뜨고 나면 엄마가 먹을 밥은 없었다. 시어머니는 부엌 쪽으로 향해 말했다.

"아가! 어서 밥 먹어라!"

새색시였던 우리 엄마는 얼마 남지 않은 밥솥을 보며 대답했
다.

"네! 어머니!"

밥알이라고는 찾아보기 힘든, 나물 밖에 없는 밥을 먹으며 혼
자 서러움을 숨겼다.

아침 식사가 끝나고 나면 가족들이 벗어놓은 빨랫감을 가지
고, 시냇물이 흐르는 냇가까지 가서 빨래를 해야 했다. 손이 시려
'호호'불어가며 방망이로 두들겨 씻었다. 갈 때는 무겁지 않았지
만, 올 때는 빨래가 물에 젖어 무거웠다. 다행히 이웃에게 부탁하
여 머리에 이고 집으로 왔다.

엄마는 힘든 하루가 끝나면, 가물거리는 호롱불 앞에서 식구
들 옷을 지어야 했다. 바느질하면서 쏟아지는 잠에 꾸벅꾸벅 졸
기는 늘 있는 일상이었다. 바느질이 없는 날에는 길쌈을 했다. 그
렇게 여러 해 동안 고되고 서러운 시집살이를 했다.

몇 해 지나서 시어머님이 말씀하셨다.

"아가! 친정에 다녀오너라!"

사실인지 귀를 의심하면서, 너무나 기쁘고 흥분되어 서투른
대답을 했다.

"네……. 어머니!"

며칠 후 친정에 갔다. 친정집에는 아무도 없었다. 먼 길을 오다 보니 배가 고팠다. 마루청 끝에 소쿠리가 매달려 있었고, 소쿠리에는 술을 담기 위해 만들어 놓은 하얀 고두밥이 있었다.

부엌 가마솥에 밥그릇이 들어있었다. 촉촉하고 빤짝빤짝 윤기가 나는 하얀 쌀밥을 보니 너무 반가워 눈물이 났다. 찬장을 열어보니 구운 생선이랑 구수한 된장찌개가 있었다.

냄비에는 참기름 냄새가 고소하게 나는 미역국도 있었다. 하얀 쌀밥과 고기 미역국을 정신없이 마구 입으로 가져갔다. 목구멍에서는 빨리 들어오라는 신호로 목탁 치는 소리가 났다. 실컷먹고 나니 살 것 같았다.

방에 들어와 따뜻한 구들목에 누우니, 온몸이 눈 녹듯 녹으며 금방 잠에 빠져들었다. 친정엄마가 돌아오신 줄도 모르고 달콤한 꿈을 꾸고 있었다.

친정엄마는 시집살이가 힘들고 제대로 먹지 못했을 딸을 안타깝게 바라보았다. 야위어진 딸 얼굴과 머리를 쓰다듬고 있었다. 보고 싶었던 친정엄마와 밤을 새우며 회포를 풀었다.

며칠이 지나 다시 시집으로 가야 할 날이 왔다. 더 있고 싶어도 시어른이 하는 말이 명령이니 어길 수가 없었다. 또 언제 올지 모르는 친정 식구들과 이별을 하고 다시 시집으로 돌아와야 했다.

친정엄마가 해주는 떡과 비단을 가지고 시집으로 왔다. 시어른 눈에 나지 않아야 하므로 선물을 잔뜩 머슴의 지게에 지어서 가지고 왔다.

'목에서 목탁 소리가 난다!'

'너무 맛있어서 목에서 꼴딱꼴딱하는 소리'를 일컬어서 하시는 말이었다. 맛이 좋으면 씹지 않아도 목구멍으로 술술 넘어간다는 이야기다.

물질이 풍부한 지금의 세상에서,

어머니의 옛날이야기는,

도서관에 먼지 묻은 책을 읽을 때 보다,

더 깊이 있고 찐한 감동이었다.

풀잎에 떨어진
홍시

　밤새 비바람이 감나무를 흔들어 놓았다. 언니는 비바람에 떨어진 맛있는 홍시를 쉽게 주울 수 있는 때를 잘 알고 있었다. 간밤에 잠을 설쳐 가며 이때를 기다렸다. 날이 아직 밝지도 않았건만 나를 깨웠다.

　"어서 일어나! 어젯밤 태풍이 불어서 앞산에 홍시가 많이 떨어졌을 것인데, 누가 오기 전에 주우러 가자! 혼자는 많이 주울 수 없어, 같이 가!"

　나는 할 수 없이 잠자리에서 일어났다. 언니는 소쿠리를 두 개 가지고 와서 어서 가자고 했다.

　"빨리 가지 않으면 누가 먼저 주워 갈 수도 있어!"

　나는 세수할 틈도 없이 옷을 대충 입고 그냥 따라나섰다. 우리들은 어둑어둑한 길을 무서운 줄도 모르고 나섰다.

　여름비가 온 다음 날이라 이른 아침 맑게 갠 날씨가 상쾌했다.

이슬을 잔뜩 머금은 풀 때문에 바지는 젖어 축축했고, 바지 끝 부분은 축 늘어져 바지가 자꾸 줄줄 내려왔다. 한 손으로 바지를 잡고 한 손은 소쿠리를 들고, 언니 뒤를 졸졸 따라갔다.

동네 앞산 가는 길에 개울이 있어, 돌로 된 징검다리를 디디고 조심조심 갔다. 다행히 물이 많지 않아 가는 데 별문제는 없었다.

밤새 비가 와서 고무신이 물에 젖어 미끄러웠다. 산으로 오르는 길에 나는 언니를 쫓아가다 쭉 미끄러졌다. 언니가 볼 새라 얼른 일어나 종종걸음으로 따라갔다. 언니는 내게 손짓하며 말했다.

"빨리 와!"

7살 꼬마 아이가 새벽잠에서 덜 깨어 어리바리한 모습으로 가고 있었다. 나는 형제 중에서 키도 작고 힘이 없어 언니에게는 늘 보호 대상이었다. 언니는 산 가까이에 이르자 뛰어다녔다.

나는 종종걸음으로 따라가기가 힘들었지만 헐떡거리며 산을 올랐다. 가는 길에 감나무 한그루가 있었다. 감나무 밑에 떨어져 있는 빨간 홍시를 발견했다. 빗물이 씻어 놓은 풀잎 위에 예쁘게 떨어져 있었다. 홍시를 보니 기쁘고 반가워서 얼른 주어 소쿠리에 담았다.

언니가 가는 쪽으로 비스듬한 산길을 따라 올라갔다. 산기슭에는 감나무가 몇 그루 있었다. 풀밭을 헤쳐 정신없이 뛰어다니며 홍시를 줍기 시작했다.

아무도 없는 새벽에 우리들은 빨간 홍시를 주우며 재미있어했다. 산에 있는 홍시는 모두 우리들의 홍시였다. 신이 나서 씩씩거리며 시간 가는 줄 모르고 주었다. 보이는 홍시는 모두 소쿠리에 담았다.

어린 여자아이 둘은 마주 바라보며 까르르 웃었다. 언니와 함께 산에서 보낸 즐거운 아침 시간이었다. 홍시가 담긴 소쿠리를 보면서 우리는 기분이 좋았다. 소쿠리를 들고 신나게 집으로 왔다.

엄마가 기다린다는 생각도 까맣게 잊어버리고 있었다. 엄마가 알았으면 산에는 뱀도 있고 위험하다고 나무랐을 것이다.

나지막한 시골 산 새벽길에 꼬마 소녀들이 작은 소쿠리를 들고 홍시를 줍는 모습은, 동화 속의 아이처럼 아름다운 한 폭의 그림 같은 기억이다.

시원한 여름비가 뿌리고 간 새벽 풀잎 위에 빨간 홍시!
새벽 찬 공기 마시면서 언니하고 나란히 감을 주었던 기억이,
두 자매의 소중한 추억이 되었다.

언니가 결혼하고부터 두 자매는 떨어졌다.
언니는 나의 해결사이고,
나의 영원한 소울메이트였다.

기적을
만났다

언니의 칠순 잔치에 가기 위해 이른 아침 승용차 운전석에 앉았다. 오래간만에 친정 식구들을 만날 생각에 설레었다. 12월은 추운 겨울이라 아직 어둑했다.

출근 시간이 되면 길이 복잡할 것 같아서, 언니가 보고 싶은 마음에 한시라도 빨리 가고 싶어 일찍 서둘렀다. 바쁘다는 핑계로 자주 가보지 못한 언니에게 늘 미안했다.

몸이 불편한 언니를 집에 모시고 와서 같이 지내고 싶은 마음이 간절했지만, 환자를 돌보는 일이 쉽지 않아 어찌할 도리가 없었다. 나날이 언니의 병은 악화되었다.

나로서는 너무 속상하고 안타까운 마음이었다. 밤잠을 설치고 혼자 운전하여 고속도로를 달려오다 보니 졸음이 와서 휴게소에 잠시 들렀다.

화장실도 가고 잠도 쫓을 겸 커피도 한 잔했다. 동생과 통화도 하고 잠시 쉬다가 다시 출발했다. 며칠 전 동생이 나에게 기차 타고 올 것을 권했다. 말로는 알았다고 했지만 평소에 운전 경력을 믿었기에 직접 운전하여 갔다.

시계를 보니, 20분 정도만 더 가면 고속도로를 벗어나 국도로 나갈 수 있을 것 같았다.

"쿵! 쾅! 끼이익!"

갑자기 차가 흔들리면서 강하게 부딪치는 소리가 났다.

차가 사정없이 휙 돌았다.

눈 깜짝할 사이에 일어난 일이었다. 이럴 때 운전하는 사람의 습관이라면, 무의식적으로 핸들을 꼭 잡고 브레이크에 발을 올리는 것이 전부였을 것이다.

정신을 차리고 보니 차는 고속도로의 중앙선 분리대를 들이받고 서 있었다. 차 안은 온통 아수라장이 되었다. 스마트폰은 온데간데없고, 문을 열려고 하니 찌그러져 열리지 않았다.

차 안에서 당황한 채 어쩔 줄 몰라 하고 있을 때 사람 소리가 났다. 고개를 돌려보니 어떤 아저씨가 밖에서 문을 당기고 두드리고 하더니, 겨우 비집고 나갈 만큼의 좁은 공간이 생겼다. 아저씨가 깨진 창문 사이로 물었다.

"괜찮아요?"

나는 괜찮다고 고개를 끄덕였다. 아저씨의 도움으로 간신히 밖으로 나올 수 있었다. 아저씨가 말했다.

"위험하니까 고속도로를 벗어나 길 밖의 논에 가 계셔요!"

황급히 논두렁으로 몸을 피했다. 당황하여 얼굴에 열이 올라 화끈거리고 있었다. 입이 말라 말이 잘 나오지 않았다. 아저씨는 자기 차에서 물을 한 병 가져와서 마시라고 권했다. 스마트폰으로 어딘가에 연락하면서 물었다.

"가입한 자동차 보험회사는 어디예요?"

아저씨의 말이 들리기는 했지만, 가까스로 대답했다.

"갑자기 생각이 나지 않아요."

아저씨가 말했다.

"너무 당황하면 그럴 수 있습니다. 살아있는 것만으로 다행입니다."

잠시 후 사이렌 소리를 울리면서 도로 공사에서 긴급 출동했다. 어떻게 된 것인지 이유를 물어보았지만, 여전히 정신이 차릴 수가 없었다. 도로 공사 직원은 찌그러진 차를 보고는 살아 있는 것이 기적이라고 했다.

정말 기적을 만났다!

차는 형편없이 찌그러졌지만 나는 멀쩡하게 살아 있었다. 돌아가는 아저씨에게 고맙다고 인사를 했다. 아저씨는 손을 저었다.

"천만에요. 우리 아내가 이런 일을 당해도 누군가 도와주었을 거예요."

정말 귀인같이 고마운 분이었다.

레커차 기사가 와서 보험회사를 모르면 차를 움직이는 데 돈이 든다고 말했다. 그래도 아무 생각이 나지 않으니 돈을 드리겠다고 했다. 뒤따라 온 승용차에서 낯선 남자가 내리더니 가까이 와서 인사를 했다.

명함을 주면서 놀란 눈으로 말했다.

"우와! 정말 기적이네요! 어떻게 이런 일이!"

자동차 보험회사 담당 직원이었다. 도로 공사 직원이 차 안을 뒤져서 연락처를 찾아내어 전화한 것 같았다. 자동차 정비회사 직원도 출동했다. 차를 한 대 대여해 주면서 수리할 동안 사용하라고 했다. 놀란 마음이 진정이 되지 않아 운전을 할 수가 없었다.

동생에게 연락했다. 사고가 난 장소를 알려주었다.

"언니! 지금 출발할게! 기다려!"

30분쯤 지나자 동생이 현장에 도착했다. 동생은 걱정스러운 표정으로 다친 데는 없는지 물었다. 그런 난리 통에도 운명인지 기적인지, 어느 한 곳 다친 곳 없이 멀쩡했다.

하늘나라에 계신 엄마가 보호해주었던 것 같았다. 정비공장에서 빌려준 승용차를 동생이 운전해 이동했다. 정신이 나간 채로 언니의 칠순에 참석하여 가족들을 만날 수 있었다.

천만다행으로 기적적으로 살아서, 어쩌면 마지막이 될지도 모르는, 언니의 칠순을 축하해 주었다.

묵은 가지에
꽃이 피듯이

다음 날 자동차 정비공장에 갔다. 종이처럼 형편없이 구겨져 있는 차를 보니 무서웠다. 정비공장 사장에게 폐차시켜 달라고 했다. 정비공장 사장은 버리지 말고 고쳐 쓰라고 권했지만, 내 목숨과 바꾸었다는 생각에 폐차해 버리고 싶었다. 폐차 수습을 마치고 돌아오는 길에, 꿈인지 생시인지 사고 당시 상황이 자꾸 떠올랐다.

생각하면 소름이 끼칠 정도로 아찔했다. 고속도로에는 많은 차가 다니고 있었지만, 다른 차는 한 대도 피해를 주지 않았다. 사고가 크게 나서 그런지 보험회사 직원이 걱정했다.

"병원에 가보세요. 지금은 아프지 않아도 며칠 지나면 아픈 곳이 생길 수 있습니다."

주위 사람들도 병원에 가서 몸 상태를 확인해 보라고 권유했지만, 다행히 다친 곳이 없어 병원 갈 일이 없었다.

사랑하는 언니가 건강을 잃은 것도,

나에게 건강할 때 몸조심하라는 큰 깨달음을 주었다.

자동차 사고도 나이 들어 그만 운전하고,

대중교통을 이용하라는 가르침으로 알고 살기로 했다.

고속도로에서 일어난 사고로 다시 태어났다.

이것이 바로 기적이다.

지나온 세월 겪었던 아슬아슬한 고비마다,

그럴만한 사정이 있었다.

시간이 지날수록 많은 생각이 스쳤다.

이렇게 멀쩡히 살아있다는 것이,

믿기지 않기에 더욱 가슴 벅찬 나날이다.

묵은 나뭇가지에 꽃이 피듯이,

지금껏 하고 있는 일에 열정을 쏟을 것이다.

내 몸 하자보수는
필수

이웃집 할머니가 말했다.

"우리 할아버지가 '거안실업의 회장'으로 취임하셨어."

가까이에서 할머니의 이야기를 자세히 듣게 되었다.

알고 보니 '거안실업의 회장'이라는 말은, '거실과 안방을 드나드는 실업자의 회장'이라는 우스갯소리였다.

고령인 노부부는 당연히 실업자이다. 노부부는 벌이가 없으니 호랑이보다 돈이 더 무섭다고 했다. 그런 노부부는 치과에 다녀온 후 큰 고민이 생겼다. 치아가 손상되어 임플란트를 해야 한다는 진단을 받았다. 서로 돈 때문에 다투다가 삐져서, 각각 다른 방에 주무시며 걱정만 하고 있었다.

먹고 싶은 것이 있어도 씹지를 못하니 자주 싸움이 날 수밖에 없었다. 치과의사는 형편이 어려우시면 의치를 하라고 권유했다.

할머니는 아플 것도 걱정이 되었지만, 거액의 비용이 들기 때문에 차일피일 미루었다. 여러 큰 병원을 문의 했지만 내내 결정을 하지 못하고 음식을 먹는데 힘들어했다. 돈을 써야 하는 일이 더 걱정이었다.

어느 날 할머니는 치아가 불편해서 견딜 수가 없어, 할아버지의 지갑을 뒤져 몰래 카드를 들고 치과로 갔다. 먼저 용기를 내어 임플란트를 해버렸다.

"간 큰 할멈!"

할아버지는 할머니가 임플란트 하는 것을 보고, 두 눈을 부릅뜨고 큰소리를 질렀다. 그 후 할아버지도 아픈 치아를 더 이상 참지 못해 임플란트를 했다.

할아버지는 12개! 할머니는 10개!

금전으로 따지면 정말 무서운 돈이 들었다.

1개당 3백만 원이었으니, 노부부는 각자 중형차 한 대씩 입에 넣고 다니는 셈이다. 호랑이보다 무서운 돈 때문에 미루다가 임플란트를 하고 나니 살 것 같다고 했다. 생각보다 너무너무 편하다며 좋아하셨다.

돈은 들어갔지만 그만한 효자가 없었다. 그 후 이래저래 하다 보니 돈은 해결되었다. 무엇보다 맛있는 것을 마음껏 먹을 수 있어서 잘한 일이라 생각된다고 했다.

할아버지는 지금껏 살면서 가장 잘한 것 중 하나가, 임플란트를 한 것이라 말할 정도로 만족해 했다.

"하자보수는 필수!"
"이제는 호랑이도 무섭지 않다!"
할아버지, 할머니는 친구들에게 자랑하고 다녔다.

훗날 임플란트한 것을 자녀들이 알았다. 맛있는 음식을 드시는 것을 보면서 자녀들이 더 좋아했다. 절약하는 것도 좋지만 부모가 행복하게 사는 것을 보여 주는 것이 더욱 중요하다. 부모가 행복하면 자녀들은 더 행복하다.

모든 것을 뒤로 하고 몸부터 챙겨야 한다.
몸이 아프면 아무것도 소용없다.
긴 병에 효자 없다.

내 몸을 아끼지 않고,
내 몸을 사랑하지 않으면 내 몸이 화를 낸다.
내 장기 하나하나가 무한의 가치이다.
치아는 오복 중 하나라는 말은 디 아는 이야기이다.
잘 씹어 드셔야 건강하다.

18층

9층

아파트를 벗어나려고 유턴을 하고 있었다. 누군가 소리치며 뛰어오는 소리가 들렸다.

"18층!"

같은 아파트 라인 9층에 사는 A였다. 차를 세우고 창문을 내렸다.

"아침부터 어디 가요?"

"시장에 가요."

"나하고 같이 가요."

이웃을 차에 태우고 함께 이야기하며 가니 좋았다.

사거리 신호를 받고 대기 중이었다. A는 나랑 친하게 지내고 싶다는 말을 했다.

"아파트 라인에서 나이 비슷한 사람들과 모임을 가지는 것은 어떠세요?"

"나쁠 것은 없지만, 나는 늘 하는 일 없이 바빠서!"

천천히 생각해 보자고 하면서, 아침부터 신선한 이야기가 오갔다. 운전 중에 말이 많다는 생각이 들었다. 운전하는 사람은 경험해 보았겠지만, 말을 많이 하다 보면 복잡한 길에서 집중이 잘 되지 않을 때가 있다.

복잡한 길에서부터 면허증도 없는 A가 입으로 운전을 했다.

"잠깐잠깐! 이쪽으로! 저쪽으로!"

운전하는 나에게 이래저래 입으로 운전하는 A로 인해 기분이 유쾌하지 않았다.

운전하고 다닌 경험이 수십 년인 나는, 초보운전자 마냥 코치를 받으며 운전하게 되었다. 나는 그냥 웃으며 A가 하든 말든 아무 말 없이 운전을 했다. 내가 불편한 기색을 드러내지 않고 운전을 하니 A는 마치 자신이 운전을 잘 하는 걸로 착각을 했는지 시간이 지날수록 더 잔소리를 했다.

'북한에서도 착각은 자유'라는 이야기가 있듯이, 갈수록 쉬지 않고 잔소리를 해댔다. 드디어 입 운전은 중지되고 각자 시장을 보기 시작했다. 싱싱한 채소며 생선을 잔뜩 샀다. 뒤 트렁크에 담고 다시 운전을 시작했다.

"여기! 여기 잠깐만!"

한참 가다가 A가 차를 세우라고 했다. 지갑을 가지고 내렸다.

나는 음악을 틀어놓고 기다렸다. 한참을 기다려도 나타나지 않아, 시계를 보니 아이들이 학교에서 돌아올 시간이 되어가고 있었다. 30분이 지나서야 오더니 차 문을 열고 타면서 말했다.

"아이고! 기다리게 해서 미안해요!"

다시 시동을 걸어 출발했다. A는 이번에는 좀 미안한 듯 이야기를 했다.

"여기 근처에 잠시 볼 일이 있는데, 잠깐이면 되는데……."

"네. 그러세요."

안 된다고 거절하기가 좀 그랬다. 차를 원하는 위치 가까이에 주차했다.

그런 일 이후부터 좀 더 가까이 지냈고, 우연히 산책길에서 만나도 예전보다 더 친하게 인사를 나누고 지냈다.

어느 날 주차장에서 빠져나오는 내 차와 A가 마주쳤다.

"어디 가요?"

백화점에 볼 일이 있어서 간다고 했더니. A는 차에 오르면서 말했다.

"나도 같이 가요. 봐둔 원피스가 있는데 같이 봐 주실래요?"

어제 가격이 비싸서 망설이고 왔는데 같이 가서 결정해야겠다고 했다.

한참 이런저런 이야기도 하고 '아침마당' 이야기까지 하면서 가다가, 번화가 근처에 가서부터 지난번처럼 입 운전을 하기 시작했다. 이번에는 듣기 싫었지만 이해하려고 노력했다.

백화점에서 나는 볼일이 빨리 끝났다. A가 4시간이나 돌아다녀 시간이 길어졌다. A가 말했다.

"나온 김에 잠시 들릴 데가 있는데⋯⋯."

결국 나는 A가 원하는 곳에 데려다 주었다.

"빨리 올게요."

20분이 지나서야 돌아와 미안하다는 한마디만 내뱉고는 차에 올라타 집으로 왔다. 각자 물건을 내리고 집에 오니 시간이 너무 많이 지나 집안일 하기에 바빴다. 한참 일을 하다 보니 마음에 무엇인지 찌꺼기 같은 것이 걸렸다. A가 하는 행동이 다소 개운치 않았다.

거절하지 못한 내 마음이었을까?

A를 향해 무엇이 꺼림칙하면서 가시가 걸린 것 같았다. 뭔가 개운치 못한 감정이 남았다. 밤에 잠자리에 누우니 낮에 있었던 일이 떠올랐다.

그 이후 나는 A를 만나면 불편한 일이 생기지 않도록 대처할 방법을 고안해 냈다.

A가 묻는다.

"어디 가세요?"

그러면 내가 되물어본다.

"그쪽은 어디 가세요?"

내가 되물어서 답하는 것이 서로에게 불편한 상황을 만들지 않는 방법이라는 것을 깨달았다.

그 후 그런 일이 있을 때마다 머릿속에 준비한 대로 하였다.

"어디 가세요?"

"그쪽은 어디 가는데요?"

그 말에 맞추어 내가 하고 싶은 대로 말하면, 상대에게 휘말리지 않고 내가 주인공이 될 수 있었다. 이후 A와 불편함 없이 잘 지낼 수 있었다.

성공의
비결

나는 다섯 남매 중에 셋째 딸로 태어났다. 초등학교 1학년 때이다. 우리 집은 매일 식수를 옆집 우물가에서 길러 와야 했다. 나보다 6살 위인 둘째 언니가 늘 길러왔다. 나는 언니를 따라 우물가에 다녔다.

언니가 우물가에서 식수를 길러 집으로 나르는 모습이 신기하게 느껴졌다. 언니는 짚으로 만든 똬리를 받쳐서 그 위에 물동이를 이고, 능숙한 발걸음으로 하루에도 몇 차례씩 물을 날랐다. 길가에 한 방울의 물도 흘리지 않고 다녔다. 그런 언니를 보면서 나도 한 번 언니처럼 해보고 싶었다.

어느 날 방학이라 언니가 외갓집에 가고 없을 때였다. 나는 아버지에게 졸랐다.

"언니처럼 물을 나르고 싶어요."

아버지께서 시장에 가서 작고 귀여운 양철 물동이를 하나 사오셨다. 한번 해보라 했다. 나는 하고 싶었던 것을 할 수 있게 되어서 기분이 좋았다.

아버지께서는 물을 나르면서 지켜야 할 주의사항을 말씀해 주셨다.

"첫째, 욕심을 내면 문제가 생긴다. 한 번에 많은 물을 가져오려면 넘어져 다칠 수도 있어. 한 두레박이라도 여러 번 날라야 해."

"둘째, 물동이를 이고 다닐 때, 딴 생각을 하든지 장난을 치면 큰일 나. 주위를 살펴서 정신을 바짝 차려야 해."

나는 소원대로 물동이를 들고 우물가에 갔다. 물을 퍼 올리려고 우물 속에 두레박을 내렸다. 두레박에 물이 담긴 느낌을 확인하고 두레박을 당겨 올렸다. 힘이 많이 들었지만 그렇다고 그만둘 수는 없었다.

두레박에 물이 반쯤 담겨 올라왔다. 있는 힘을 다해 계속 두레박질을 하여 가져갈 만큼의 물이 물동이에 채워졌다. 여러 번 왔다 갔다 하면, 집에 있는 큰 물통이 가득 채워질 것 같았다.

물동이를 머리에 이기 위해서는 요령이 필요했다. 고민 끝에 언니가 하는 것을 생각해 냈다. 앉아서 무릎 위에 올려놓고 두 팔을 들어서, 머리까지 올려볼 작정으로 시도해 보았다. 두 팔이 덜덜 떨리고 휘어질 것만 같았다.

더 힘을 내어 가까스로 팔을 밀어 머리까지 올렸다. 물동이를 머리에 이고 집으로 가려고 한 발 떼어보았다. 앞으로 출렁 뒤로 출렁 물이 쏟아질 것 같았다.

얼굴은 열이 올라 화롯불 같이 화끈거렸다. 내릴 수도 없고 갈 수도 없는 숨 막히는 일이 벌어졌다. 울고 싶었지만, 그 자리에서 운다고 해결 날 일이 아니었다. 눈물을 찔끔찔끔 흘리면서 다시 중심을 잡고 정신을 바짝 차려 보았다.

그리고 조심조심 발을 떼었다. 시간은 좀 걸렸지만 겨우 집까지 올 수 있었다. 참기 힘든 과정이었다.

그렇게 한번 성공해보니까, 마음속으로 의기양양하고 뿌듯했다. 두 번째부터는 한 두레박 작게 담으니, 물의 출렁임이 덜했다.

차츰 요령이 생겨서 다니기도 수월해졌다. 집의 큰 물통에 불어나는 물을 보면서 흐뭇했다. 이제는 용기가 생겼다. 사람은 경험한 만큼 성장하는 것 같다.

누구나 자신이 가진 그릇만큼 물을 받을 수 있다. 조금씩 성장하는 것 이상으로 나의 물동이도 조금씩 커졌다. 물동이가 커지는 것만큼 물의 양도 많아졌다. 나는 살아가면서 견디기 힘들 때마다 물동이가 떠올랐다.

아버지께서 허락하셔서 어릴 때 경험해 보았던 일이, 세상을 살아가는 데에 도움이 되었다. 그냥 넘길 수 있는 일인데도 아버지께서 해보게 했던 것이, 나에게 좋은 영향을 미치게 되었다.

어떤 일이든 도전해 보는 것이 중요했다.
걱정이란 두려움이다.
깜깜할 때 두렵다.
그 깜깜함이 두렵기도 하지만 걱정하지 않아도 된다.

두려움 없이 추진하는 능력은
경험을 통해서 얻어지는 것이다.
서성이지 말고 다시 마음에 '중심'을 잡고 시작하면 된다.

두려움에 발목 잡히지 말고 마주했을 때,
가장 중요한 것이 보이게 된다.
자주 해보면 나만이 할 수 있는 방법을 터득하게 된다.

나는 보지도
듣지도 못했다

'도전이란 과정은 이런 것이구나!'

나는 물을 나르는 것이 힘은 들었지만 하면 된다는 것을 알았다. 해보지 않고는 느낄 수 없는 재미였다. 한 번에 나르는 물의 양은 적었지만 여러 번 날랐다.

그리고 힘들어서 마루청에 쓰러졌다. 물 한 바가지를 더 욕심을 내었던 것이 문제였다. 몸이 물동이와 같이 하늘을 향해 춤을 추면서도 끝내 해냈다.

'한번 터득하고 나면 쉬운 일'이 된다.

힘겨워하면서도 해냈다는 기쁨이 가슴 가득 차 올라왔다. 아버지에게 칭찬을 듣고 싶었다. 밭에 계신 아버지에게 가서 끝냈다고 말씀드렸다. 아버지는 머리를 쓰다듬어 주시면서 칭찬했다.

"우리 딸, 고생했네!"

나는 눈물이 나려고 했지만, 참았다.

아버지께서 나에게 물었다.

"물 길어 다닐 때 가설극장 차가 마이크 소리를 크게 내고 다니던데. 오늘 밤 강변에서 영화를 상영한다고 하더라. 시끄럽게 나팔 불고 다니는 거 못 봤어? 영화 제목이 뭐라고 했지?"

나는 아버지의 질문에 대답했다.

"아버지, 저는 물동이에 신경이 쓰여 아무것도 보지도 듣지도 못했어요."

그러자 아버지가 말씀하셨다.

"사람이 무엇을 하던 지금처럼 한 가지 목표에 집중하여 열심히 하면, 나중에는 다 이룰 수 있어. 엉뚱한 생각을 하거나 게으름을 피우지 않고, 한곳에 몰입하면 반드시 성공하게 되어있어."

나는 아버지에게 인정받고 칭찬을 받으니 세상을 다 가진 것 같은 기분이 들었다. '좋은 칭찬으로 두 달은 먹고 산다.'라는 말이 있다.

어릴 적 힘든 경험은 그 어떤 것보다 좋은 추억이 되고 훗날 성공의 밑거름이 된다.

우리가 실패했을 때 포기하지 않고
다시 시도해보는 것이 모든 것을 할 수 있게 한다.
힘들이지 않는 것은 의미가 없는 일이다.
힘들게 이루어냈을 때 더 값진 의미가 있다.

∶

Part 3

기회는
가까이에서
맴돌고 있다

아무 것도
아니다

날씬하고 매력적으로 생긴 나의 여동생 윤희는 헬스장에서 자주 마주치는 남자가 있었다. 운동을 하다가 가끔 스쳐 지나칠 때마다 눈길이 멈추고 마음이 그리로 향하였다.

어느 날 백화점에서 그 남자를 만났다. 그냥 지나가다가 동시에 뒤돌아보아 서로 눈이 마주쳤다. 다음 날 아침 헬스장에서 또 만났다. 남자는 사람들 모르게 윤희에게 쪽지를 주고 갔다. 거기에는 간단한 인사와 함께 약속장소와 시간, 전화번호가 적혀있었다. 하지만 윤희는 그 장소에 나가지 않았다.

그 후 그 남자와 마주치지 않으려고 그가 오는 오전 시간을 피해서 저녁에 운동을 하러 갔다. 한동안 그 남자와 만날 일이 없었다. 그런데 어느 날 그 남자가 저녁에 운동하러 왔다. 운동을 끝내고 헬스장에서 나오는데 뒤쪽에서 부르는 소리가 들렸다.

"잠깐만요! 같이 차 한 잔 어떻습니까?"

거절하지 못하고 헬스장 아래층에 있는 찻집에 같이 가서 차를 한 잔 마셨다. 그 후로 만나면 인사도 하고, 차도 한잔하는 사이가 되었다. 그는 대학생으로 방학 때가 지나 서울로 간다고 했고, 그 후로 가끔 전화로 안부를 주고받았다.

그러던 중 윤희는 친구의 소개로 치과 의사와 사귀게 되었다. 윤희는 가난한 치과 의사의 볼품없는 외모가 마음에 들지 않았다. 솔직히 이성으로서의 끌림이 없었다. 마음에 들지 않아 다시 만나지 않았다.

헬스장에서 만난 그 남자가 여름 방학이 되어 다시 고향으로 돌아왔다. 오랜만에 그 남자를 보니 반가웠고, 나도 모르게 마음이 갔다. 그런데 알고 보니 그 남자는 명문대를 다녔고, 또한 백화점을 소유한 재력가 집안의 아들이었다. 그 사실을 알고 나와 어울리지 않는다는 것을 느끼고, 더 이상 그 남자를 만나지 않기로 했다. 그와의 모든 연락을 차단했다.

그 남자는 윤희를 많이 좋아했는지 수소문하여 찾아다녔다. 윤희는 그 남자를 피해서 부산에 있는 언니 집에 가서 지냈다. 하지만 그 남자의 진실된 마음을 보고 결혼을 결심하게 되었다.

"결혼합시다. 책임은 내가 다 지겠습니다."

양가 부모에게 알렸다. 예상했던 대로 그 남자 부모님의 반대에 부딪혔다. 윤희는 힘들어서 의도적으로 전화도 받지 않았다.

어느 날 그 남자의 누나가 찾아왔다.

"우리 남동생에게는 아버지가 정해 놓은 아가씨가 있어요."

영화에서 보는 것처럼 불쑥 나타나 미안하다면서, 그만 헤어지라며 봉투를 주었지만 받지 않았다. 윤희는 먼 고향 친척 집으로 피신했다.

한참 세월이 지나 그 남자는 대학을 졸업하고 다시 나타났다.

"사랑합니다! 다시는 헤어지지 맙시다!"

어렵게 부모님의 허락을 받아 결혼까지 하게 되었다.

결혼하자마자 시아버지는 아파트를 사서 살림을 내어주었다. 그렇게 행복하게 살아가던 중 남편은 사업에 실패하여 빚더미에 올랐다. 다행히 시아버지가 자금을 지원해줘서 다시 새롭게 사업을 할 수 있었다. 하지만 두 번째 사업도, 금융위기로 인해 부도가 나서 재산을 모두 잃었다.

두 번째 실패했을 때는 의지했던 시아버지가 돌아가신 후였다. 재산권이 형에게 있어서 결국 빈털터리가 되어 형이 소유한 골프장에서 월급쟁이로 일하게 되었다. 윤희의 화려했던 과거는 어둠으로 사라졌다. 남편은 궁색한 생활에 불평하지 않고 만족

하며 살았다.

세월이 많이 흘러, 훤칠한 키에 훈남이었던 남편은, 초라하고 까맣게 타서 멋지던 예전 모습과는 거리가 멀어져 있었다.

어느 날 윤희가 운동을 하고 있는데 낯선 남자가 다가와서 인사를 했다.

"저를 알아보시겠어요?"

결혼 전에 친구의 소개로 잠시 사귀었던 그 치과의사였다. 그렇게 볼품없어 보이던 치과의사가 그날따라 우러러볼 정도로 멋있어 보였다.

남의 떡이 더 크게 보인다.

좋고 나쁨도, 옳고 그름도 없음을 알면 아무것도 아니다.

어떤 것도 평가 대상이 아니다.

모두가 보이지 않는 마음의 작용일 뿐!

결국은 아무것도 아니다.

멍석 같은
엄마 손

친구 현숙이 집은 연탄 파는 가게를 하여, 동네 사람들은 현숙이를 '연탄집 현숙이'라고 불렀다. 연탄배달 주문이 오면 언제든지 배달을 해주었다. 추운 겨울날 방학이라 현숙이 집에 놀러 갔다. 현숙이는 놀러 온 나에게 연탄배달 하러 같이 가자고 했다. 나는 거절하지 못하고 같이 가기로 했다.

연탄을 실은 리어카를 밀어 달라고 부탁했다. 처음 하는 일이라 친구를 도와주는 것도 재미있을 것 같았다. 좁은 비탈길에서 현숙이 엄마는 앞에서 끌고, 우리 둘은 뒤에서 밀어 올렸다. 한참을 밀다 보니 도중에 겨우 쉴 수 있는 곳이 있었다.

현숙이 엄마는 추운 겨울 날씨에 장갑도 없이 차가운 손으로 우리 둘의 손을 잡았다. 거칠고 딱딱한 손바닥이 우리 손에 닿았을 때는 손처럼 느껴지지 않았고 마치 멍석 같았다. 현숙이 엄마가 말씀하셨다.

"너희들은 커서 공부 열심히 해서 선생님이 되어라. 엄마처럼 힘들게 살지 말아라."

말씀하시고 돌아서는 현숙이 엄마의 눈을 보았다. 연탄으로 데운 듯 엄마의 두 눈에는 뜨거운 눈물이 고여 있었다. 가슴이 뭉클하며 알 수는 없지만 무서운 힘이 생겼다. 그 후 현숙이와 나는 바람대로 선생님이 되었다.

지금도
그때 현숙이 엄마가 하시던 말씀이 생각난다.
추운 겨울에 장갑도 없이,
손등이 빨갛게 부르튼 모습을 잊을 수가 없다.
현숙이 엄마의 눈가에 고인 뜨거운 눈물이,
생생하게 살아 교훈이 되었다.

부드러웠지만

강한 매

엄마를 통해서 외할아버지와 외할머니의 이야기를 듣게 되었다. 외할아버지는 시골에서 모르는 사람이 없을 만큼 꽤 유명한 한의사였다.

먼 길을 걸어서 몰려드는 손님들로 집안은 늘 장사진을 이루었다. 할머니는 환자가 오래 기다리는 것을 안타까워하였다. 모두가 배고픈 시절이라, 할머니는 기다리는 환자들을 위해 한 끼 식사로 감자와 고구마, 물김치를 준비해 내어놓았다.

할머니는 기다리는 아줌마에게 물었다.

"어디가 아파서 왔습니까?"

"아이가 가려워 잠을 자지 못하고 긁어대는 것을 볼 수 없어 진맥하러 왔습니다."

시골 아줌마가 데리고 온 이이는, 손으로 가려운 데를 긁어서 군데군데 피가 삐적삐적 나 있었다. 할머니는 보기에 딱해서 상처투성이 아이의 팔과 다리에 할머니의 침을 발라주었다. 그날 따라 손님이 많아서 결국 아이는 진맥도 받지 못하고 돌아갔다.

다음날 그 아줌마와 아이는 나타나지 않았다. 그런 일이 일어 난 후 할머니 침을 바르려고 많은 사람이 모여들기 시작했다. 가려워하는 아이에게 침을 발라 주었던 것이 효과를 본 것이었다. 이후 할머니는 할아버지의 만류로 침을 발라줄 수 없었다.

이심전심이다. 할머니의 침이 아무것도 아니지만, 안타까워하는 할머니의 마음을 알아 환자의 가려움증을 낳게 했다는 이야기로 해석된다. 요즘 같았으면 할머니 침을 발랐다가는 젊은 사람들이 싫어하겠지만, 약도 병원도 귀했던 시절에 한의사이신 할아버지와 할머니의 이야기가 정겹게 다가왔다.

어쩌면 그 당시에는 약보다 풋풋하고 끈적끈적한 정과 믿음으로, 물질보다도 마음을 알아주는 그 따스함이 더 중요하지 않았을까?

할아버지는 시집가는 엄마에게 세 마디 당부 말씀을 들려 주셨다고 한다.

"시집가서 눈멀고 삼 년, 귀멀어 삼 년을 잊어서는 안 된다."

"아무리 화가 나도 자식을 때리지 마라. 그런 행동은 상것이나

하는 행동이다."

"좋지 못한 소리는 귀에 담지 말고, 나쁜 말은 섞지 마라."

엄마는 자식들을 때리거나 소리 내어 큰 소리로 야단치지 않으셨다. 또한 잇몸을 훤히 드러내고 웃거나, 큰 소리로 깔깔거리며 웃지 않았다. 엄마는 낮은 목소리로 말씀하셨다.

"여자가 잇몸을 드러내고 큰 소리로 웃는 것은 보기 흉하다."

어느 날 나도 모르게 잇몸을 드러내고 큰소리로 웃다가 엄마에게 들켰다. 그때 엄마는 소리내어 꾸중을 하지 않고 가만히 나의 얼굴을 쳐다보셨다. '하지 말라'는 신호였다.

엄마와 눈이 마주치자, 그전에 들었던 말이 생각이 나서 얼른 손으로 입을 막았다.

지금 생각하면 어떤 말이나 야단보다,
쳐다보는 엄마의 부드러운 눈빛이,
더 강한 매질이지 않았나 싶다.

무심한
사람들

인숙이는 나의 사촌 여동생이다. 어느 날 숙모님이 오셔서 인숙이와 이야기해볼 것을 권했다. 그때 나는 인숙이가 힘들게 지내는 것을 알게 되었다.

다음 날 연락하여 인숙이 집을 방문했다. 인숙이는 혼자 덩그러니 남아 숨만 쉬고 지낸 지도 한 달이 지났다. 다섯 명의 빈자리를 혼자 지키고 있었다. 식음을 전폐하다시피 하며 천지사방에 울음소리를 내고 있었다. 나는 너무 가슴이 아파서 같이 눈물을 흘렸다.

가정주부인 인숙의 남편은 대기업에 임원이고 아들은 대학생이었다. 세 가족이 단란하게 살았다. 어느 날 인숙이의 여동생이 이혼하고 아이 둘을 데리고 언니를 찾아왔다. 인숙이와 가까운 위치에 집을 얻어 언니의 도움으로 살아가고 있었다.

어느 날 남편이 병원 다녀온 후 검진결과 폐암 진단을 받았다.

청천벽력 같은 소리를 듣고, 온 식구가 힘들어하고 있었다. 인숙이의 여동생도 남편의 수입에 의지하고 있으니, 당장 경제 상황을 걱정하지 않을 수 없었다.

인숙이는 궁리 끝에 근처 마트에 일하게 되었다. 하루는 일을 마치고 집에 와보니 여동생이 아이 둘과 함께 쓰러져 있었다. 인숙이가 남편 병환에 일까지 하느라고 신경 쓰지 못한 사이에 두 아이를 데리고 하늘나라로 훌쩍 떠난 것이다.

여동생은 이혼 후로 우울증을 앓고 있었다. 인숙이는 자신이 잘못하여 일어난 책임으로 생각하고, 죄책감에 시달리며 힘들어했다.

이후 정신없이 힘들게 살아가는 중에 남편 병환은 더 심해졌고, 결국 6개월이 지나 남편마저 떠나보내야 했다.

"왜 하필 나인가!"

인숙이는 앓아누워 남편의 흔적을 붙잡고 슬픈 나날을 보냈다. 남편을 놓치고 싶지 않은 마음에 원통하고 분해서 울기만 했다.

하지만 마냥 그럴 수는 없었다. 인숙이는 아들을 바라보며 버티면서 조금씩 일어날 힘을 얻고 있었다.

"엄마, 우리라도 아빠 대신 건강하게 살아야 해요."

아들의 그 말에 그나마 용기를 내어 겨우 지탱하고 있었다. 사랑하는 아들을 보며 위로하고 정신을 차리며 차츰 회복되어 갔다.

일 년 후 하늘이 무너지는 일이 또 생겼다. 사랑하는 아들의 사고 소식을 듣고, 달려갔다. 교통사고로 아들마저 잃어버렸다. 5명의 가족을 보내고 그녀도 따라가려고 했지만, 그것도 마음대로 되질 않았다.

나는 이 숨 막히고 기막힌 이야기를 듣고 가슴이 짠했다.
가족을 모두 떠나보낸 이 사람 앞에서,
무슨 말을 더 할 수 있을까?
이 상황에서 누가 불행을 논할 수 있을까?

나는 인숙이의 이야기를 듣고,
숨 쉬고 사는 것이 기적이라 생각되었다.
아인슈타인의 명언이 생각났다.
'인생을 살아가는 데는 오직 두 가지 방법밖에 없다.
하나는 아무것도 기적이 아닌 것처럼!
하나는 모든 것이 기적처럼!'

홀딱 반한
결혼

어느 날 나는 이웃집 소희 엄마와 차 한잔하기로 했다. 소희 엄마는 평소에 발랄했던 모습과 달리 우울해 보였다. 남편과의 불화를 나에게 하소연하기 시작했다.

소희 엄마는 영어 학원 강사로 일하며 가정경제를 책임지고 있었다. 금전적 어려움과 남편의 언어폭력에 시달렸고 날이 갈수록 심해지고 있었다. 남편을 좋아해 쫓아다녔던 자신이 원망스럽다며 원수를 만났다고 했다. 눈물을 흘리면서 지옥이 따로 없다고 했다.

소희 엄마의 이야기를 듣다 보니 마치 깊은 진흙 속에서 헤어나오지 못하는 모습이었다. 남편과 멀어지려고 준비하는 것 같았다. 자신이 남편의 성품을 파악하지 못했고, 어떻게 잘 해결되겠지 하는 안일한 생각이 어리석었다고 했다. 멋있게 잘생긴 모습과 좋은 매너에 홀딱 반해서 결혼한 것이 바보 같다고 했다.

소희 엄마는 참기 힘들어했고, 계속 눈물을 흘리며 누가 봐도 한계에 와 있다는 것을 알 수 있었다. 고개 숙인 모습을 보며 더는 해줄 말을 잃었다.

나는 잠시나마 소희 엄마를 데리고 위로해 주고 싶었다. 푸른 자연이 있는 곳으로 달렸다. 들에는 곡식들이 황금색으로 들판을 채우고 바람에 넘실거리고 있었다. 자연은 역시 편안했다.

하늘에는 새들이 여유롭게 어디에도 걸림 없이 날고 있었다. 멀리 큰길에는 알 수 없는 차들이 바쁘게 지나가고 있었다. 한참 가로수 길을 달리다가 고목 나무의 그늘에 차를 세웠다.

소희 엄마의 눈이 멈춘 곳은 상여 차였다. 떠날 때가 되어 망자는 가는가 보다. 차에 탄 망자를 부러운 듯 넋이 나간 채 한참을 바라보고 있었다. 점하나 보이지 않을 때까지 보고 있었다. 소희 엄마는 그 차를 따라 눈과 마음이 한참 정지되었다.

나뭇가지에 눈꽃이 쌓이고 쌓이다가, 마지막 한 송이 눈이 나뭇가지를 부러뜨린다고 한다. 소희 엄마는 마지막 가지인 자신을 보고 있었다. 머릿속에 박혀서 떠나지 않던 생각이 소희 엄마를 괴롭히고 있는 듯했다.

항해하던 배가 잠시 정박한 것이 인생이라 했다.

남남끼리 만나 서로 노력하지 않으면 고비를 넘길 수 없다.

부족한 사람이 만나 사는 것이 인연이고

노력해서 사는 것이 필연이다.

괴로움 뒤에는 바로 즐거움이라 했다.

즐거움 뒤에는 바로 괴로움이 따라오는 법이다.

신은 인간에게 참을 만큼만 고통을 준다고 하지 않던가!

눈에 보이는 시선을 붙잡고 슬퍼하지 말고,

슬픔을 따돌려야 한다.

행복한 가정은 말이 적고,

불행한 가정은 여러 가지 탈이 많다.

사람이 멀리 보는 눈이 없으면,

곧 가까이에 근심이 따라오게 된다.

생각을 바꾸어 참고 견디는 것도

지혜가 아닌가 한다.

고향길

마음이 고향을 떠나지 못하는 건 마음 안에 고향이 있는 이유가 아닌지. 일 년에 두 번 명절에 고향으로 가는 날이다. 시외버스 터미널에는 발 디딜 틈이 없었다. 많은 인파 사이에 빨간색 시외버스가 고향으로 가는 이름표를 달고 나타났다.

"밀지 마세요! 좀 탑시다!"

버스에 먼저 승차하려고 기를 쓰는 모습들로 아수라장이 되었다. 난리가 따로 없었다.

그 시절에는 줄을 서는 사람이 없었다. 미리 승차권을 발매하는 경우가 없기 때문이다. 먼저 서면 줄이고 버스를 타서 앉으면 자리 주인이었다. 사람들이 우르르 몰려와서 버스를 타려고 밀고 밀리는 일이 다반사였다.

누구나 가슴 설레는 명절의 고향길이다. 많은 사람이 일터를 찾아 도시로 모여드는 시절이었다. 명절인 이때를 준비하여 적은 돈이지만 알뜰히 모아서 명절 선물을 샀다. 고향 식구들의 스웨터, 내복, 줄무늬 양말, 털이 달린 장갑 등을 사서, 가방에 한가득 넣었다.

나는 운 좋게 행렬에 끼어서 고향으로 가는 버스에 승차했다. 맨 뒷좌석에 자리를 잡고 앉았다. 복잡한 버스에 앉아 갈 수 있는 것이 그나마 다행이었다. 이번 차에 승차하지 못하면 두 시간 이상 더 기다려야 버스를 탈 수 있었다. 빨리 가고 싶은 마음에 사람들의 틈바구니에 끼어 갈 수 있는 것만으로도 행복했다.

나는 고개를 돌려 버스 뒤쪽을 바라보았다. 버스는 비포장도로에 하얀 먼지를 날리며 달려가고 있었다. 가로수의 푸른색은 전혀 보이지 않았고, 잎사귀가 먼지로 뿌연 회색옷을 덮어쓰고 있었다. 한줄기 비가 와서 나무를 씻겨주어야 할 것 같았다. 식물도 생명이 있는데……. 안타까웠다.

버스는 인원 초과로 절반은 기울어져 있었다. 자갈길을 덜커덩덜커덩 몇 시간을 달려왔다. 한참 가다 보니 옆구리가 결리고 배도 아파왔다. 복통이 심해지면서 제정신이 아니었다. 버스가 훌쩍 띄어 올랐다가 내려갈 때마다 찐한 사람 냄새가 코에 스며들었다.

"아야, 아야"

이곳저곳에서 비명이 들렸다. 차 속에 사람들은 쏠리고 밀리고 하는 통에 소리를 지르기도 했다. 고향 갈 방법은 달리 선택의 여지가 없었기 때문에 불평하는 사람은 없었다. 그나마 태워주는 버스가 고마웠다.

드디어 고향의 시외버스 터미널에 도착해 내렸다. 매표소 안으로 들여다보니 동창 친구인 영자가 근무하고 있었다. 나는 작은 소리로 불렀다.

"영자야!"

매표소의 구멍으로 영자는 손을 흔들며 반가워했다. 영자는 표 파는 것을 옆 사람에게 부탁하고 나왔다. 둘이서 수다를 떨었고, 짧게나마 반갑게 인사를 나누었다.

영자와는 졸업 후 아가씨 모습으로 만난 것은 처음이었다. 서로 많이 달라지고 예뻐진 모습에 감탄했다. 어렵게 공부해 그나마 사무실에서 일하는 친구를 보니 좋았다.

영자가 터미널에 근무하고 있을 때는 고향 친구들 소식을 들을 수 있었다. 다음 해 고향 버스를 타고 왔을 때, 터미널에 영자의 모습은 찾아볼 수 없었다. 훗날 소문에 결혼하여 아들 쌍둥이를 낳았다고 했다.

세월이 많이 지난 지금도,

그 고향 정취가 물씬 풍기는 시절이 그립기만 하다.

친구 사이는 산길과 같다는 말이 맞는 것 같다.

자주 왕래하지 않으면 길은 없어진다.

고향은 마음이 머무는 곳이다.

우리 모두가 고향을 찾는 이유일 것이다.

나는 고향길을 잊어본 적이 없다.

아들 바보

당신

아침 일찍 아들한테서 전화가 왔다.

"오후 2시까지 공항에 가야 하는데, 잠시 엄마도 보고 점심 먹으러 갈게요."

아들은 어릴 때부터 편식이 심하고 음식을 잘 먹지 않았다. 엄마로서 아들이 밥 먹으러 온다니까 기분이 좋았다. 친정엄마께서 하시는 말씀이 생각났다.

"세상에서 가장 보기 좋은 것이 자식 입에 밥 들어가는 거야!"

아들은 어릴 때부터 전복죽을 좋아했다. 나는 시장으로 급히 달려가 전복을 사 왔다. 전복을 솔로 깨끗이 씻어서 찹쌀을 조금 넣고 참기름으로 달달 볶았다. 아들 올 시간에 맞추어 전복죽을 끓여 놓았다.

점심시간쯤에 아들이 집에 들어오면서 말했다.

"엄마 배고파!"

나는 얼른 끓여 놓은 전복죽과 어릴 때 잘 먹던 반찬을 식탁에 올려놓았다.

"어서 먹어!"

주방에서 일하다 아들 먹는 모습이 보고 싶어서 돌아와 보니, 식탁에 차려놓았던 아들의 전복죽을 사위가 먹고 있었다.

'어? 이런 일이⋯⋯.'

아들이 화장실에 간 사이에 사위가 그 자리에 앉았던 것이다. 너무 속이 상했다. 전복죽을 먹고 있는 사위가 야속했지만, 전복죽을 빼앗긴 아들이 더 미워서 죽을 지경이었다.

아들 주려고 만들었던 보양식 전복죽은 결국 사위의 보양식이 되고 말았다. 속상했지만, 사위 앞에서 장모 체면상 아무렇지 않은 척했다. 전복보다 쌀이 더 많이 들어있는 죽을 아들에게 주려니 마음이 편하지 않았다.

그럼에도 아들은 전복죽을 맛있게 먹었다.

"엄마! 맛있게 잘 먹었어요."

아들은 서둘러 공항으로 출발해 버렸다. 일 년 동안 학교에서 공부한 것을 오늘 평가받으러 가는 길이다. 준비하는 일 년 내내 끼니를 하루 한 끼밖에 못 먹었다고 했다. 살이 빠져서 말라 보였다.

아들은 혼자 학교 근처에 살고 있으니 늘 걱정이었다. 제대로 끼니도 챙겨 먹지 못하는 것을 잘 알고 있었다. 공항으로 떠나기 전에 전복죽이라도 먹여서 보내야겠다고 생각했던 것이 실패로 돌아갔다.

나는 사위 없을 때 딸에게 전복죽 이야기를 하면서 속상해했다. 딸은 듣고도 아무 말이 없었다. 나는 딸에게 하소연하고도 마음이 풀리지 않았다. 아들에게 전복죽이라도 든든하게 먹여서 보냈으면 마음이 편했을 텐데……. 엄마 마음이다.

언니들에게 전복죽 이야기를 했더니, 다들 배를 잡고 죽겠다고 웃었다. 나는 한참 동안 놀림을 당했다. 지금도 생각하면 마냥 웃을 수 없는 것이 사실이다. 장모 비위를 잘 맞추어 주고 딸한테도 잘하는 사위지만, 솔직히 그때는 사위가 미웠다.

딸이 이야기했다.

"엄마는 아들이 저쪽에서 나타나면 이미 눈에서 하트가 뿅뿅 나와요."

"내가 언제?"

나는 아닌 척 시치미를 뗐지만 사실 민망했다. 사실인지 모른다. 나도 모르게 딸보다 아들을 더 예뻐했는지 모른다. 윗대에 어른들이 하던 풍습이 습관 되어서인지, 아들을 더 많이 생각한 것 같다. 어른들이 딸보다 아들을 더 생각하는 이유가 따로 있다. 죽고 나면 제사 지내 줄 사람은 아들이고 손자라고 생각해 더 예뻐 했다.

이번 일로 사위와 아들을 똑같이 생각하지 않았다는 것을 반성했다. 평소 살뜰하게 챙겨주는 사위에게 미안한 마음이 들어 부끄러웠다. 다음에는 전복을 많이 사서 아들과 사위를 차별하지 말고, 골고루 잘 먹여야겠다고 생각했다.

처음 사돈을 만나서 아들이나 사위나 같다고 했던 말이 생각났다. 사위가 아들이라는 이야기를 하기도 하고 듣기도 했다만 아닌 것 같았다. 말로만 그랬다는 것을 알았다.

요즘은 사위도 아들도 똑같이 대해야,
어른 대접받는 것을 잠시 잊었다.
나이 든 어른의 생각도,
바뀐 세상에 적응해야 할 것이다.

아들 바보라는 이름표는 아무도 달고 다니지 않는다.
단지 가슴속에 이름표가 달려 있을 것이다.
깊이 숨겼을 뿐이다.
잘못하면 아들 바보라는 소리를 들을 수 있다.

기회는 가까이에서
맴돌고 있다

허름한 건물로 폐업 준비하는 분위기가 금방이라도 문을 닫을 것 같아 보였다. 창문 틈으로 보니 실내에는 사람이 없었다. 나는 조심스럽게 보다가 안쪽에 연락처가 적힌 메모지를 붙여놓고 나왔다.

"혹시 임대하실 생각이 있으시면 연락 주시길 바랍니다."

며칠이 지나자 전화가 와서 사무실을 다시 방문했다. 세입자는 만나자마자 건물에 대한 힘든 상황과 불편한 마음을 토로했다.

"가게 운영이 잘되지 않아 나가고 싶지만 새로운 세입자를 찾을 수 없었어요. 은행에서 저당권설정을 해놓았으니 더욱 들어올 사람이 없어요. 전세 기간은 많이 지났지만, 전세금을 되돌려 받지 못하여 붙잡혀있는 신세예요."

나는 주소를 받아서 등기소에 가서 건물 등기부 등본을 떼어

보았다. 은행에서 빌려 쓴 돈이 현재 시세에 근접해 있었다. 주위 건물들이 경매에 나와 있기도 하니, 가격이 하락했음을 알 수 있었다.

새로운 세입자가 선뜻 계약할 수 없는 사정을 이해했다. 은행 대출이 너무 많은 것이 이유였다. 채권자는 제3금융권에 많은 대출금액이 설정되어 있었다.

건물주 거주지를 확인하고 알아보았다. 근처에서 주차장을 운영하고 있으며, 주위에 듣기로는 성실하신 분들이었다. 등기부 등본을 들고 은행을 찾아갔다. 대출 담당 직원을 만나 등기부 등본을 보였다. 건물주에 대하여 대충 이야기를 들었다.

"건물주가 농작물 사업을 하다가 실패하여 큰 빚을 지게 되었습니다. 그러나 몇 년 동안 한 번도 연체한 사실은 없습니다."

이렇게 위치가 좋은 건물을 저렴하게 임대한 이유가 바로 그 이유 때문이었다. 나는 건물이 무척 마음에 들었다. 그간의 경험에 비추어 이 건물에서 성공할 수 있겠다는 확신이 들었다.

언제나 위험한 곳에 성공할 기회가 있는 법이다. 은행에 근저당이 많은 것이 문제이긴 하지만, 다른 사람들이 위험해 하는 건물을 살려보고 싶었다.

지금 이 기회는 두 번 다시 찾아오지 않을 수도 있다는 생각이 들었다. 더 고민하지 않고 건물 세입자를 만났다. 나는 건물을 비우고 나가고 싶어 하던 세입자에게 계약하겠다고 했다.

세입자는 처음과는 달리 말을 바꾸었다. 나에게 권리금을 내라고 했다. 어이가 없었다. 건물에서 빠져나가지 못하여 속상해하던 때와는 달랐다.

다음 날 건물주에게 전화해서 계약일을 잡고 약속한 날에 계약했다. 시작이라 복잡함을 최소화하고 좀 편하게 출발하고 싶어 주저하지 않고 세입자가 원하는 권리금을 기분 좋게 주었다. 건물주는 계약하면서 월세를 조금 낮추어 주었다. 사업을 시작하는 입장에서 부담을 덜어 주어서 고마웠다. 잔금까지 마무리하고, 실내장식 업자를 소개받아 견적을 받았다.

간판이 큰 광고효과를 내는 만큼, 간판을 크게 해서 외관을 멋지게 꾸몄다. 돈을 아끼지 않았다. 건물이 넓어 보이게 천장에도 벽에도 온통 거울을 붙였다. 유동하는 손님의 움직임도 볼 겸, 거울 빛이 반사되어 밝아 보이게 했다.

건물은 예쁘게 변신했고, 아주 완벽히 실내장식을 했다. 처음에는 아무도 쳐다보지도 않던 건물이었으나 다르게 변했다. 건물 안팎을 장식하는 조명은 최대한 밝게 했다.

시작부터 나는 잘해보려고 온 에너지를 쏟았다. 하루 14시간을 일터에서 생활했다. 손님들이 늘어나는 것이 눈에 보였다. 한 사람, 두 사람, 지남철에 쇳가루가 딸려오듯 모여들기 시작했다.

힘든 시간이 멀어져 가는 느낌이 왔다. 6개월이 지나자 자금 회전이 되어 갔다.

다른 이가 무심코 던진 돌이 다이아몬드인지 돌인지,
눈을 크게 뜨면 보인다.
우리는 자신만의 세계를 만들기 위해서,
무엇을 선택하고 어떻게 살아야 하는지
스스로 결정하고 선택해야 한다.

나는 다가온 기회를 붙잡았다.
카이로스는 기회의 신이다.
준비된 자는 기회의 신을 잡을 수 있다.

누구의 눈에도 보이지 않았던 길을 개척해 갔다.
다들 무서워하는 환경의 건물에서,
치밀한 전략을 세워 성공할 수 있었다.

근시안적인 생각에서 벗어나야 한다.
조금 멀리 전체를 보면 많은 것들을 볼 수 있다.
기회는 항상 가까이에서 맴돌고 있다.
단지 몰랐을 뿐이다.

Part 4

한 개를
버릴 줄 아는
사람

세상에서
가장 존경받는 부모

예전에 비행기를 타고 고생했던 이야기를 사위는 예사로 듣지 않았던 모양이었다. 이번에는 힘들지 않게 비행기 일등석을 예약해주었다. 출발하는 날 인천 공항에 도착했다.

일등석은 기다리지 않는 것부터 달랐다. 출국하는 절차가 끝나고 설명해주는 대로 안내 받았다. 게이트 2층 휴게실로 가서 시간이 될 때까지 쉬었다. 타기 전 긴 줄을 서지 않고 바로 기내로 안내되었다.

비행기 안의 좌석 사이는 넓고, 간단한 개인 화장품도 준비되어 있었다. 침대가 준비되어있어, 허리를 펴고 누울 수 있어서 좋았다.

일반석 보다 음식도 고급스러웠다. 여러모로 예전보다는 편안하게 갈 수 있었다. 긴 시간도 길게 느껴지지 않고 편안하게 선택된 혜택을 누리고 여행할 수 있었다.

공항에 도착하여 가족들을 만났다. 나는 가족들에게 너희들

덕분에 비행기 안에서 대접 잘 받고, 편안하게 잘 쉬면서 왔다고 했다. 승용차를 타고 집으로 가는 길이 눈에 보이는 다른 환경, 바깥 자연이 특별한 향기를 느끼게 했다.

청량한 향기가 창안으로 스며들었다. 멀리 보이는 산과 어릴 적 보았던 그 무지개처럼 어울려 고와 보였다. 그리고 내 마음까지 아름다워졌다.

우리들은 예약해놓은 식당으로 갔다. 식사 도중에 사위가 비행기에서 불편한 곳은 없었냐고 물었다. 긴 줄을 서지 않아서 다리가 아프지 않다고 했다.

사위에게 고맙다고 이야기했다. 딸을 낳아야 비행기를 탄다는데 딸을 낳아 다행이라면서 분위기는 화기애애함으로 감돌았다.

나는 이야기 중에 사위에게 물었다.

"세상에서 가장 존경하는 사람이 누구지?"

사위는 잠시도 망설이지 않고 말했다.

"아버지, 어머니입니다."

처음 들어보는 이야기였다. 나는 깜짝 놀랐다.

"부모님이 링컨 대통령도 아니고, 워런 버핏같이 이름난 유명인도 아닌데, 세상에서 제일 존경한다니!"

이 말은 우리 부모들이 가장 듣고 싶은 말이 아닐지…….

　시어른들은 사위와 딸, 손자에게 자상했다. 매주 목요일을 아이들과 노는 날로 정해 놓고 기다렸다. 손자를 데리고 가서 구경도 시키고 놀이동산도 갔다.

　손자에게 맛있는 것도 먹이고 샤워도 시켜, 저녁까지 먹여서 데려다주었다. 매주 한 번도 빠지지 않고 실천하고 계시는 시어른들이 대단했다.

　시집 식구와 가족이 친구처럼 지내는 모습이 보기 좋았다. 시어른들이 자식들에게 조금도 간섭하지 않는 모습, 서로를 존중하고 배려하는 모습이 돋보였다. 내가 하던 방식과는 사뭇 달랐다.

어느 날 가족이 모여 식사할 때의 모습이었다. 아들에게 존경받는 부모의 모습이 어떤지 유심히 관찰했다. 먼저 아들이 이야기를 꺼내었다. 시어른들은 아들의 말을 귀담아듣기 위해 식사하던 수저를 내려놓았다. 아들의 얼굴을 주시하며 진지하게 들으면서 고개를 끄떡였다.

아들의 이야기가 끝나자 시어른은 답변하는 듯 웃으며 조용조용 대화를 했다. 대화가 끝나자 다시 수저를 들고 식사하기 시작했다. 그동안 싸늘하게 식어버린 음식에 대해 한마디 불평의 말도 없었다. 평소에 어린 손자가 이야기해도 똑같은 태도를 보여주었다.

자식에게 존경받는 부모의 모습이었다.
배울 점이 많았다.

딸이 시내에서 우연히 시어머니를 만나자 "대박"이라고 했다.
딸이 시어머니와 자매처럼 지내는 모습이 보기 좋았다.

잡고 있는

줄

　지인과 같이 미술 전시회에 갔다. 나는 그림을 잘 볼 줄 몰라 이리저리 따라다니다가 악기연주 하는 주변을 맴돌면서 주위를 구경했다. 그리고 차를 한 잔 들고 잠시 의자에 앉았다. 그때 내 앞에 앉은 여성과 눈이 마주쳤다.

　염색하지 않은 은발의 머리가 꽤나 멋스러워 보였다. 딱 보기에도 멋쟁이였다. 그분이 나를 향해 싱긋 웃었다. 나도 따라 웃어주었다.

　그분이 가까이 와서 물었다.

　"혹시 숙자 동생 경자인가?"

　나의 이름이 아니었다. 아는 동생과 많이 닮았다며 같은 좌석에 앉기를 원했다. 같이 온 지인이 다른 분을 만나 이야기하러 간 사이, 이분과 눈이 마주친 것이다. 그렇게 함께 차를 마시면 자연스럽게 대화를 이어나갔다.

　여러 세상살이 이야기가 화두였다. 유럽 여행을 다녀온 이야기도 했다. 그러던 중 그분은 세상 살아가면서 가장 후회하는 일이 두 가지가 있다고 했다. 나는 무슨 소리가 나오나 하고 가만히 기다렸다.

"나는 아들 둘을 낳은 것이 가장 후회돼."

그분의 자녀들은 영국에서 유학을 마치고 그곳에서 변호사로 있다고 했다. 멀리 있다는 핑계로 얼굴도 자주 보여 주지도 않는다고 말했다. 딸이 없는 것이 아쉬운 모양이었다.

"딸을 낳았어야 하는데……."

하루는 아들이 전화가 와서 반가웠다.

"어머니! 여행 다녀오시겠어요?"

"요새 몸이 좀 무거워서 다음에 가지."

"그럼, 다음에 가세요."

아들은 그 말만 하고 전화를 끊었다는 것이었다. 그분은 자기가 후회하는 이유를 알겠냐고 반문했다.

나는 미소로 답했다.

부모는 자식들을 다 키워 놓고 허전하다.
마음 안에는 늘 자식의 소식을 기다리고 있다.
줄을 놓았다 당겼다 하는 것이 보였다.
잡고 있는 그 줄을 놓아버리면,
마음이 편할 텐데…….

너의 마음을
보지 못했다

오빠 아들인 은철이는 훤칠한 키에 늠름했던 모습이었다. 올케는 어제나 그제나 군대에 간 아들이 제대하기를 기다리며 노심초사하고 있었다. 그러던 어느 날 전화가 왔다. 군대 간 아들이었다.

잠시 휴가라서 나왔다고 했다.

엄마는 기뻐하며 금방 입가에 미소를 머금고 아들에게 물었다.

"아픈 데는 없지?"

아들은 대답했다.

"괜찮습니다."

엄마는 아들이 빨리 보고 싶었다.

"어서 집에 와. 보고 싶구나."

아들이 말했다.

"엄마! 집에 가기 전에 먼저 할 이야기가 있어요."

엄마는 말하라고 했다.

"친구하고 같이 군대에서 나왔는데 집에 데리고 가면 안 돼요?"

엄마는 친구와 같이 오라고 했다. 아들은 말을 이어갔다.

"엄마! 그런데 친구는 사고를 당해 한쪽 다리를 잃었어요."

엄마는 잠시 멈칫하다가 대답했다.

"오랫동안 같이 있는 것은 힘들지만, 며칠간은 괜찮아. 함께 와."

아들은 소낙비 같은 눈물을 주르륵 흘리면서 전화기를 내려 놓았다. 마지막 희망이었던 엄마의 목소리를 듣고, 집이 아닌 여관으로 발길을 돌렸다.

"엄마, 미안합니다."

아들은 없어진 자신의 한쪽 다리를 쳐다보며, 아파할 엄마의 얼굴이 떠올라 가슴이 찢어지는 것만 같았다. 준비한 봉투 안에 약을 입에 틀어넣고 물을 마셨다.

엄마는 아들의 마음을 알 리가 없다. 아들이 좋아하는 맛있는 음식을 준비해 놓고, 아들이 나타나기만을 눈이 빠지게 기다렸다. 아들이 빨리 집으로 오지 않으니, 아무것도 모르는 엄마는 혼자 생각했다.

'친구들하고 놀려거든 늦는다고 전화라도 해주지!'

엄마는 자식의 마음을 다 알고 있는 것처럼 생각한다. 엄마라는 이유로 자기 생각에 빠져 있었다. 군대에서 갑자기 나온 아들의 사고를 전혀 의심하지 않았다.

아들을 보고 싶은 자신의 마음만 생각하고 기다렸던 것이다. 밤이 새도록 기다려도 아들은 오지 않았다.

다음날도 밤이 되도록 기다렸다. 아들은 집으로 돌아오지 않았다. 다음 날 아침이 되었다. 엄마는 밤새 뜬 눈으로 아들을 기다렸다. 아무런 소식이 없었다.

마침 전화벨이 울렸다. 경찰서라고 했다. 아들의 이름을 확인했다.

"우리 아들 맞습니다."

경찰은 아들이 사망한 사실을 알렸다.

엄마는 가슴을 치며 통곡했다. 자신을 원망하고 외쳤다.

"내 아들을 내가 죽였다!"

"다리 잃은 친구를 데리고 와서 같이 살자고 했다면 아들을 잃지 않았을 것을⋯⋯."

한쪽 다리를 잃은 아들은 엄마가 겪을 절망감을 이기지 못하고, 스스로 목숨을 끊고 하늘나라로 가버린 것이다.

엄마는 자신이 낳아 길렀어도 자식을 잘 알지 못한다.

"국자는 국 맛을 모른다."라는 말이 있다.

엄마는 내 자식의 아픈 마음을 경청할 줄 몰랐다.

부모라는 생각으로 극히 주관적인 사랑에 빠져,

자식의 진심을 헤아려주지 못했다.

가는 곳을
나는 모른다

한 달 동안 장대비가 쏟아지고 있었다. 어두운 새벽하늘에 구멍이라도 뚫린 것처럼 무섭게 비가 내리고 있었다. 천둥소리와 함께 하늘에 번개 불빛이 유리창을 통해 번쩍번쩍했다. 나는 놀라 잠에서 깼다.

줄기차게 내리는 빗소리를 듣고 있는데 문자가 왔다. 친구 모란이의 남동생이 보내온 문자에는 '경희의료원 장례식장'이라고 적혀있었다. 순간 잘못 보았나 의심했다. 모란이 이름이 맞았다. 믿어지지 않았다.

며칠 전 모란이에게서 문자가 왔다.

"요즘 뭐해? 120살까지 살아서 내 문자 언제든지 받아야 해."

모란이와는 문자로 서로의 건강을 챙겼다.

이틀 전만 해도 모란이는,

"친구야! 나는 120살까지 사는 네 문제없다."

빨리 갈려고 그랬는지 좀 이상했다.

일찍 결혼한 모란이랑은 가끔 문자로 세상 돌아가는 이야기를 주고받는 오래된 사이였다. 몇 년을 보지 않아도 자주 보는 다른 친구보다 마음의 거리가 가까운 벗이었다.

오늘은 모란이가 영영 가는 날이다. 모란이와 멀어진다는 것이 믿고 싶지 않아서, 그렇게 멀지 않은 날에 다시 만나자고 했다. 먼저 가서 그쪽이 좋은지? 이쪽이 좋은지? 꿈에서도 만나 이야기해 달라고 했다. 듣고 있다고 믿고 마음으로 모란이에게 이야기했다.

모란이는 아마도 가는 곳을 몰랐던 것 같았다.
그렇지 않았으면 며칠 전,
"나 어디 어디 간다."라고 말했을 것인데 말이다.

다시는 오지 않을 모란이의 전화를 기다리며,
오늘도 호주머니 속의 스마트폰을 만지작거린다.
어디에서 왔는지도 모르는 사람이 가는 곳을 알 리가 없다.

그저 가는 데로 밀려갈 뿐이지.
만나기도 헤어지기도 수없이 하면서 살아가는 것이,
우리의 모습이다.

특별한

관계

　시골 부잣집의 창식 오빠는 서울에 있는 대학에 입학했다. 뽀얀 피부에 잘 생긴 오빠는 귀공자 스타일이었다. 인물 하며 빠질 것 없이 출중했다.

　오빠는 서울에서 공부하고 방학이 되면 고향 시골로 내려왔다. 혼기가 가까워져 오니 집안에서는 혼사 이야기가 나왔다. 그러던 중 오빠도 모르는 사이에 집안끼리 훌륭한 규수와 언약을 맺어 놓았다.

　부모끼리 언약이니 비슷한 가문으로 합천에서 소문난 양반집 규수였다. 방학이 되어가자 신랑, 신부끼리는 보지도 않고 부모끼리 결혼 날짜까지 잡아놓았다. 방학이 되어 고향에 온 오빠에게 결혼 날짜를 알려주었다. 오빠는 부모님의 말씀을 거역할 수 없었다.

　오빠는 서울에서 학교 근처 하숙을 하고 있었다. 마침 하숙집에 아가씨가 있었고 혼자 공부하는 오빠의 눈에 들었다. 아가씨는 살뜰히 챙겨주었고 오빠의 마음을 얻었다. 오빠의 외로운 마음 틈으로 들어온 예쁜 아가씨와 사랑을 했다.

오빠는 걱정이 이만저만 아니었다. 고민하다 부모님에게 사실을 알렸다. 그리고 서울 아가씨에게도 알렸다. 서울 아가씨 쪽 집안에서는 양보할 수 없다는 답이 왔다. 큰일이 났다. 합천 색시 쪽 집안에도 알렸지만, 두 집 모두 양보하지 않았다. 결혼할 날짜는 가까이 다가오고 있었다.

결혼식 날, 집안에서 걱정한 것보다 더 놀라운 일이 벌어졌다. 합천 새 색싯집에서 여러 마리의 말 등에 비단이며 예물을 바리바리 가지고 시집을 왔다. 그날 서울 색시 쪽에서도 어마어마한 예물을 가지고 시집을 왔다. 결혼식 날은 양쪽에 두 여자를 두고 한 남자가 나란히 결혼식을 올렸다.

결혼 후 합천에서 시집온 색시는 부모님이 먼저 정했으니 '정실부인'이고, 서울 색시는 '후실부인'이라고 불렀다. 서울에서 공부할 때는 오빠를 '후실부인'이 보살폈다. '정실부인'은 시골에서 부모님을 모시다가, 오빠가 방학 때 오면 '정실부인'과 지냈다.

그런데도 항상 오빠 주위는 조용하고 말이 없었다. 부모님은 집을 두 채 지었다.

한 채는 '웃채'라 하여 '정실부인'이 사는 집으로 지었고, 한 채는 '아랫채'라 지어 '후실부인'이 사는 집으로 지어놓았다.

훗날 오빠가 공부를 마치고 '후실부인'과 같이 내려와서 각각 부모님이 이름 정하여 지어놓은 집에서 기거하게 되었다. '정실부인'은 아이 세 명을 낳았고, '후실부인'은 한 명의 아이를 두고 살았다.

두 부인은 항상 조용하여 남편을 잘 보필하고 어떤 일이 있어도 부모나 부부간이나 의논해서 아이들을 잘 키우며 살았다. '정실부인'과 '후실부인'은 친자매처럼 '형님, 아우' 하면서 잘 지냈다. 늘 외가 오빠를 볼 때마다 상식으로는 이해되지 않고 예사롭지 않게 보였다.

예전이나 지금이나 보기 드문 일이다.
사람은 마음먹기에 따라 달라질 수 있다는 생각이 들었다.
문제로 생각하면 문제가 되고
문제로 생각하지 않으면 문제가 되지 않는 것이다.
모든 것이 생각하기 나름이다.

자식은
속으로 예뻐해야 한다고

　오늘은 아들이 공부하러 먼 길을 떠나는 날이었다. 일이 손에 잡히지 않았다. 어릴 때부터 지금까지 잘못해 준 것만 생각났다. 젖먹이를 안고 있다가 젖을 떼기도 전에 다른 이에게 건네는 심정이었다.

　내가 아플 때 일이었다. 나는 학창 시절에 먹던 풀빵을 보기만 하면 지금도 꼭 사야만 했다. 그 모습이 아이들의 기억 속에 남아 있었던 모양이었다.

　더운 여름 날씨에 아들은 엄마가 좋아하는 풀빵을 사러 갔다. 여름에는 뜨거운 풀빵을 팔지 않았다. 그런 줄도 모르고 학교 갔다 오는 길에 아들은 가방을 메고 풀빵을 사러 다녔다. 땀을 뻘뻘 흘리면서 몇 시간을 길에서 헤맸다. 나는 그것도 모르고 늦게 온 아들을 야단쳤다. 여름이라 팔지도 않는 풀빵을 사러 다녔다고 했다. 어린 것이 엄마가 좋아하는 풀빵을 사러 다녔던 그때가 떠올랐다. 집을 떠나 있어 본 적도 없는 아들이 떠나니 서운했다.

어릴 적 산행을 데리고 갔을 때의 일이다. 어른들도 가기 힘든 길을 먼저 올라갔다. 심한 비탈길이었다. 산 정상에 올라가서 도시의 전경을 보고 큰 소리로 엄마를 부르고 소리를 질렀다.

"엄마! '장감빵' 많다!"

정상에서 내려다보는 경치가 아이 눈에는, 장난감으로 보여서 신기했던 것 같았다. 멀리 보이는 고속도로에 줄지어서 가는 차를 보면서, '장난감'을 '장감빵'으로 말했다.

이제 겨우 말을 배우기 시작해 발음이 정확하지 않았다. 자기 표현을 그 정도밖에 못했다. 방송에서 "엠비시 문화방송"하는 소리를 듣고는, "엠비시 누나방송"이라고 했다.

아파트 지인들이 누나를 좋아해서 '누나방송'이라 한다고 놀렸다. 말이 서툴러 혀 돌아가는 소리에 주변에서 귀염을 받았다.

아이들을 데리고 백화점에 갔다. 여느 때처럼 백화점 근처 도착하여 주차하고, 안으로 들어가는데 아들이 엄마에게 현수막을 가리키며 글을 읽었다.

"오늘은 기분 좋은 날"

내가 물었다.

"누가 그래?"

아들은 능청스럽게 말했다.

"저기 봐! 적어 놓았잖아!"

엉뚱하게 그런 말을 잘도 했다.

백화점 긴 현수막을 보며 글자 개수에 맞추어서 자기 마음대로 해석해서 읽었다. 백화점 세일 때 붙여놓은 '여름 바캉스 대세일'이라는 현수막을 보고 '오늘은 기분 좋은 날'로 바꿔서 읽었다.

아들은 어릴 때부터 센스가 뛰어나서 여러 사람을 웃겼다. 식당에 가면 혼자서 메뉴를 보고 글자도 모르면서,

"맛있는 거 많다. 밥도 있고, 고기도 있고, 국도 있고……."

하면서 글자 수 만큼 이야기를 하곤 했다. 마치 글을 알고 읽는 것처럼 행동하며 놀았다.

아들은 나의 걱정과는 달리 혼자서 미국 생활에 잘 적응해 나갔다. 이듬해 딸이 다시 공부를 더 하게 되어 아들이 있는 학교로 가게 되었다. 혼자 있다가 누나와 같이 아파트를 빌려서 생활하게 되었다. 누나가 힘들었겠지만, 엄마로서는 마음을 놓게 되었다.

예전에 나의 엄마가 말했다. "자식은 속으로 예뻐해야 한다."

라고. 자율적으로 할 수 있도록 하는 것을 이야기하셨던 것 같다.

누군가가 물었다.

"어떻게 자식들을 멀리 보내어 성공시켰습니까?"

나는 말했다.

"집에서 물주고 키운 콩은 하나의 콩나물이 되었지만,

밖에서 저절로 자란 콩은 콩나무가 되었어요."

    부모가 안고 있는 자식은 눈이 먼다고 했다.

    멀리 던져진 콩처럼,

    혼자서도 잘 살 수 있게 하는 것이 교육이다.

천연기념물

남자

나를 비롯해 친구들은 거의 결혼하였지만 성미는 친구 중에 유일하게 독신이었다. 어느 날 결혼하겠다는 남자가 생겼다고 했다. 나는 어떤 사람인지 궁금하기도 하고, 식사도 할 겸해서 저녁에 같이 오라고 했다. 다음날 결혼할 남자와 같이 왔다. 나는 그들의 기분을 맞추어 주려고 노력했다.

즐겁게 시간을 보내고 헤어졌다. 성미는 귀가하는 길에 결혼할 남자를 자랑하고 싶었는지, 전화로 나에게 물어보았다.

"그 남자 어때? 나하고 잘 어울리지?"

나는 성급하게 결정하지 말고 좀 더 깊이 생각해 보라고 했다. 내가 탐탁지 않게 생각하는 것을 눈치챈 성미가 말했다.

"내가 40년 넘게 혼자 살다가 이제 결혼하려고 하는데……."

하면서 그런 말은 듣고 싶지 않다는 말투로 전화를 끊었다. 내가 보기에는 성미가 남자를 대하는 모습이 마치 물을 만난 물고기 같아 보였다. 성미의 행동을 보니 이미 그 남자에게 눈이 멀어 있었다. 얼마 후 결혼한다는 소식이 와서 축하해 주었지만, 결혼한 지 1년이 못 되어 좋지 않은 소식이 들렸다. 나는 가슴이 아팠다.

남자의 나쁜 버릇이 원인이었다. 밤마다 마작으로 밤을 새우고 집을 비우는 날이 일상이라고 했다. 올빼미처럼 밤에만 사냥하는 천연기념물을 만난 셈이다. 참지 못하고 법으로 소송하여 이혼을 진행했다. 남자는 결혼 후 성미가 힘들게 모아놓은 돈을 탕진해버리고 헤어졌다고 했다.

성미가 지키려고 애썼던 결혼은 실패로 끝나고 말았다. 성미는 상처를 받고 시간이 많이 지나서도 눈물을 흘리고 있었다.

성미는 40년 동안 가지고 다니던,
마음의 저울을 사용한 것뿐이다.
판단의 옳고 그름은 없었다.
대가는 성미의 몫이 되었다.

양손에는 저울과 가위가 있다고 한다.
한 손에 있는 저울을 잘 사용하고,
한 손에 들린 가위로 냉정하게 자르라는 것이다.

결혼은 평생을 좌우하는 것이니,
좀 더 신중한 판단이 필요하다.
마음에 지울 수 없는 흔적으로 담아두면
나만 힘들 뿐이다.

한 개를 버릴 줄
아는 사람

한때였지만 나에게는 잊을 수 없는 좋은 추억이 있다. 둘째 언니는 나에게 이야기했다.

"너는 그 매장 쪽을 바라보고 하루 열 차례씩은 절을 해야 한다!"

마음속까지 따스하고 부드러운 봄날이었다. 햇빛이 느리게 다가오는 아침, 빛이 있는 쪽으로 걸어가고 있었다. 길에는 사람들이 보이지 않았다. 나는 빠른 걸음으로 매장의 문을 열고 손님 맞을 준비를 하고 있었다.

문을 열자마자 기렸다는 듯이 손님들이 따라 들어왔다. 예전에 만났던 사람처럼 친절하고 반갑게 대했다. 나는 마음속으로 생각했다.

'손님이 어디에서 왔을까?'

손님을 향한 고마움이 가슴 가득 솟아났다.

나는 다른 매장보다 일찍 문을 열고 늦게 문을 닫았다. 열심히 하는 나의 마음을 손님들은 알아주기나 하듯이, 이내 매장은 손님으로 가득 찼다. 직원이 출근하는 시간에 같이 들어오던 어떤 손님이 물었다.

"항상 웃는 비결이 무엇입니까?"
나는 대답했다.
"우리 매장을 찾아주는 손님이 고마워서 웃습니다."

나는 늘 고객을 향하여 진심으로 웃음을 선물했다. 나도 다른 매장에 갔을 때 친절하게 잘 해주니 대접받는 기분이었고, 그런 날은 온종일 기분이 좋았다.

찾아오시는 손님에게 진심으로 친절히 대했던 일이, 손님의 마음을 얻어 성장하고 있었다. 시간이 갈수록 예상보다 매출이 급속도로 증가했다. 생각지도 못한 일이었다. 그저 감사할 뿐이었다. 가게의 매출은 계속 상승곡선을 그리고 있었다.

거래처에서나 주변의 지인들은 확장해서 더 크게 해보라고 권했다. 하지만 나는 이미 분기점을 넘은 지도 오래되었고 하니 이쯤에서 욕심을 줄이기로 마음먹었다.

본래 사람의 욕심은 한도 끝도 없다.

과분하게 바라지 않는 것이

자신을 위한 길이다.

아흔아홉을 가진 자가

'한 개'를 더 가지려고

그 '한 개'의 노예가 되는 경우가 많다.

Part 5

·
·
·

그늘이
시원하니
쉬어가더라

갈등

  '갈등'은 칡 갈(葛) 자와 등나무 등(藤) 자로 이루어진 말이다. 칡과 등나무는 덩굴식물이며, 다른 식물이나 물체에 의존하여 위로 자란다. 칡은 오른쪽으로, 등나무는 왼쪽으로 감아 올라가며, 이 두 식물이 서로 얽히고설킨 모습으로 결국에는 둘 다 성장을 멈춘다고 한다. 이러한 식물의 세계를 빗대어서 사람이 사는 세상을 표현하는 데 흔히 사용한다.

  갈등의 사전적 의미는 '서로 다른 생각으로 의견이 충돌하여 다툼이 일어나는 상황'을 말한다. 갈등으로 인하여 마음속에 남은 개운치 않은 감정을 비유한 말이 '앙금(찌꺼기)'이다. 우리가 세상을 살아가는 데 있어서 '갈등의 찌꺼기'는 피치 못할 당연한 것으로 받아들여야 한다.

  우리는 누구나 주어진 상황에 대한 저마다의 생각이 있다. 갈등은 자기 생각에 집착하면서 시작된다. 그리고 그 갈등이 결국 찌꺼기를 만들어 낸다.

먼저 상대방이 바라보는 세상의 시각을 인정하고, 긍정적으로 이해하려고 노력하는 과정이 필요하다. 주어진 상황에 따라 이기려고 하는 것보다 져주며, 적절히 협력하는 등의 태도를 보여야 앙금을 해소할 수 있다.

옆집 새댁의 사연이다. 경아는 결혼 후 아이가 생겼고, 육아에서 오는 스트레스를 받기 시작하여 남편에 대한 이해의 폭이 좁아지면서, 남편에게 소홀해졌다.

회사생활로 힘든 부부는 소통하기 위해 서로 마주하는 시간이 자연스레 줄어들었다. 아이가 아프기도 하고 말썽을 피우기도 하여 힘든 일이 많아졌다. 남편에 대한 관심도 점점 멀어졌다.

경아는 남편에게 화를 내며 하소연해 보았다.

"요즘에 집안일을 도와주지 않는 남자를 '간 큰 남자'라고 하던데."

"아이가 당신 닮았나 봐. 하루 종일 정신이 하나도 없네."

퇴근하여 집에 오자마자 들리는 아내의 짜증 섞인 목소리에 힘이 빠진다.

"잔소리가 심하네!"

서로의 주장으로 말을 주고받는다.
부부의 성향이 다르듯이
다투는 형태도 다르다.

내가 한번 해버린 말은 되돌릴 수 없으니,
더욱 조심해야 한다.
갈등은 서로에게 가슴 깊숙이 지워지지 않는,
마음의 찌꺼기로 남는다.

그 마음의 찌꺼기가 쌓이다보면,
불평과 불만이 나오게 되고
또 다른 갈등을 만들어 낸다.
갈등의 찌꺼기가 쌓이지 않도록
서로 마주하며 이야기하는 시간을 가져야 한다.

어전이

　나는 방앗간 집 셋째 딸로 태어났다. 아버지와 어머니는 늘 바빠서 밥 먹을 여가도 없이 일만 했다. 그렇게 노력한 결과, 마을의 유지로 부자가 되었다. 나는 태어날 때부터 순해서 있는지 없는지 모를 정도로 조용했다. 그래서 어진 딸이라 해서 '어전이'라고 불렀다.

　어릴 때 감기 한번 걸리지 않고 무럭무럭 잘 자라, 사람들이 '복덩이'라는 이름 하나를 더 붙여 주었다. 그렇게 '어전이', '복덩이'라는 두 개의 이름을 가지게 되었다.

　내가 3살 때 엄마는 남동생을 낳았다. 예전부터 내려오는 풍습이 있었다. 딸이 여러 명이 있는데 아들을 낳으면, 바로 위의 딸이 귀염을 받았다. 엄마는 아들을 낳았고 나는 남동생을 보았으니 집안에는 경사였다.

　나는 배고플 시간이 되어도 울지 않고 온종일 잘 놀아 귀여움을 독차지했다. 성장하면서는 방앗간 마당에 걸어놓은 긴 국수 사이를 뛰어다니며 놀았다.

끝이 보이지도 않을 만큼 많이 늘린 긴 국수 사이를 뛰어다니면서, 장난을 치고 배고픔도 모르고 놀았다. 요즘은 대나무에 걸었던 둥근 부분의 국수는 잘라 없애 버린다. 그때는 둥근 부분까지 넣어서 가지고 갔다.

국수를 나란히 하여 보기 좋게 종이로 한 다발을 만들었다. 긴 국수가 한나절 마르고 나면 넓은 칼로 자르고 갈색 종이를 잘라서 붙였다. 가마솥에 끓인 풀을 솔가지로 만든 붓에 묻혀 종이에 발라 붙였다. 그렇게 한 다발의 국수가 정성스럽게 완성되었다.

늘 가마솥 한곳에는 감자를 넣은 밀수제비를 끓였다. 방앗간에 오신 손님들 점심이었다. 수제비를 떠서 넣을 때 큰 덩어리를 하나 넣어 떡처럼 만들었다. 그리고 익으면 나무 꼬챙이에 끼워서 나에게 먹으라고 주었다. 나는 마당에 걸어 다니면서 먹었다.

방앗간이 많지 않아 일거리가 밀려서 아버지와 어머니는 밤 늦게까지 일을 했다. 그때는 기계로 하는 방앗간이 나오기 전이어서 물레방앗간밖에 없었다.

훗날 엄마의 손에 큰 흉터를 보았다.

흉터는 엄마의 고생을 한 눈으로 보는 것 같았다.

약도 병원도 없었을 텐데 어떻게 치료를 하셨을까?

나는 엄마 흉터를 만지면서 가슴 아파했다.

아버지의 일은 밤중에도 이어졌다.

방아를 물로 찧으니 물 문을 잠가야 했다.

비가 억수로 오는 날 밤 유리로 된 사각 호롱불을 들고,

둑에 물 문을 잠그러 가시는 것을 보았다.

불빛으로 보이는 아버지의 비옷은 젖어 있었다.

인연

나는 한가한 오전 시간에 필요한 물품을 구매하려고 마트로 갔다. 전자 제품 등 여러 가지 살 것이 많아, 메모한 종이를 보면서 판매대를 둘러보고 있었다. 담당 여직원이 따라다니며 가격 비교나 제품 설명까지 상세히 안내해주었다.

담당 직원의 다정한 모습이 괜찮아 보였다. 마트에서 고객을 응대하는 모습이나 근무하는 태도에 점수를 주자면, 나의 눈으로 보기에 80점 정도는 되어 보였다.

그 직원 덕분에 빨리 물건을 구매했으니, 시간을 절약할 수 있었다. 나는 마침 곧 새로운 매장을 개업할 예정으로 직원을 구하고 있었다. 마트 직원에게 칭찬하면서 제안했다.

"우리 매장에서 같이 일했으면 좋겠어요."

직원에게 연락처를 주고, 어떤 일을 하는지, 근무 조건 등을 말해 주었다.

며칠 후 연락이 와서 직원으로 채용하게 되었다. 이처럼 열심히 하면 누군가의 눈에 들어 선택의 기회가 생기는 것이다. 그때 만난 후로 그 직원과 나는 3년 동안 같이 일했다.

어느 날 직원이 평소답지 않게 실수를 거듭했다. 중요한 일인데도 여러 번 반복하는 바람에 집에서 쉬라고 이야기했다.

직원은 더 열심히 하겠다며 같이 일할 수 있게 해달라고 했다. 한두 번 실수는 병가지상사란 말이 있듯이, 성실하고 심성이 좋은 점을 높이 사고 있었던 터라 냉정하게 할 수 없었다.

인연이라 생각하며 없었던 일로 하고 지내기로 했다. 하지만 지병이 있던 직원은 건강이 나빠져 자주 병원에 입원했다.

그때마다 나는 보호자 역할을 하며 병원비도 부담해 주었다. 타고나 지병이 자주 재발하게 되어 결국은 직장을 그만 두게 되었다. 훗날 결혼 청첩장이 왔다. 멀기는 해도 직접 결혼식에 참석해서 축하해 주었다.

인연이란 노력의 씨앗이라고 볼 수 있다.
이해하고 서로 노력해야
인연의 밭에서 열매가 열린다.
마음을 닫으면 열매를 맺지 못한다.

척이
무섭다

내가 어느 사무실에 문의할 일이 생겨 들렀을 때의 일이다. 사무실 직원은 다른 사람과 상담을 하던 중이었다. 어떤 할머니가 문을 열고 들어 왔다.

테이블 위에 놓아둔 바구니의 접대용 사탕을, 가지고 온 검은색 비닐봉지에 모두 부었다. 그리고는 사무실 직원에게 비닐봉지를 열어 보이며 더 달라고 했다.

직원은 할머니에게 말했다.

"방문하시는 손님 접대용으로 준비해 놓은 사탕이라 다 가지고 가면 안 됩니다."

한 달에 사탕 값이 많이 든다고 했다. 여직원은 조금 심한 것 같다고 말했다. 농담일지라도 유쾌하지 않다는 표정을 지었다.

나는 옆에서 웃으면서 할머니에게 메모지를 건네며 이렇게 말했다.

"여기에 주소를 적어주시고 집에 가시면 택배로 보내 드리겠습니다."

할머니를 불편하지 않게 해서 보냈다. 직원은 겸연쩍게 웃으며 말했다.

"자주 이런 일이 있습니다."

어른들이 필요 없이 사탕을 가지려고 하는 것이 '노탐'이라는 생각이 들었다. 그럴 때 잘못하면 어른들 마음 상하게 할 수도 있다. 재치 있게 넘어가는 것도 지혜가 아닌가 생각한다. 그 할머니는 자주 그런다고 했다.

며칠 후에도 사무실에 일 보러 갔다가 그 할머니를 만났다. 하필 그분이 또 나타나서 사탕을 바구니 채로 부어 넣었다. 많이 드시면 몸에도 이로울 것이 별로 없는데, 몇 개가 아니고 많이 가지고 가시려는 이유를 물었다.

"그렇게 많은 사탕이 왜 필요하세요?"

할머니가 대답했다.

"가는 길에 경로당에 가져다주려고 해요."

자기 생각에 사로잡혀 다른 사람의 입장은 생각하지 않는 할머니였다.

자는 사람은 깨울 수 있어도,

척하는 사람은 깨울 수 없다고 했다.

척이 더 무섭다는 이야기이다.

자기 뜻대로 해야 하는 할머니의 모습이 안타까웠다.

할머니의 생각이 정지되어 있는 듯했다.

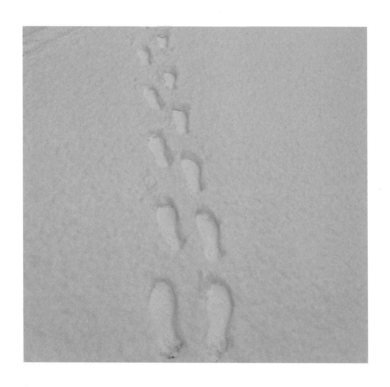

다른 사람의
눈

은숙이는 S은행의 지점장으로 근무하는 친구였다. 은숙이와 나는 하루라도 통화하지 않으면 궁금할 만큼 친하게 지냈다. 더구나 은숙이 딸과 우리 딸도 고등학교 다닐 때 같은 반이었다. 어느 날 은숙이는 나에게 불편한 마음을 터놓고 이야기했다. 사연은 이러했다.

은행이 있는 시장 입구 사거리는 늘 시끄러웠다. 시장에는 물건을 사러 온 사람들로 붐비고 있었다. 남자 한 분이 검은 비닐봉지를 들고 은행을 주시하고 있었다. 아마 은행에 볼일을 보러 오신 것 같았다.

점심시간이 지난 오후 3시가 넘었다. 출출해져 간식이 필요한 시간이었다. 그분은 정장 양복 차림에 선글라스를 끼고 들어오셨다. 전에 자주 오시던 분이었다. 아무 말 없이 손에든 비닐봉지를 직원에게 건네고 사라졌다.

그분이 가신 후 직원이 비닐봉지를 열어보니, 근처의 롯데리아 매장에 있는 햄버거, 콜라 등 맛있는 음식이 잔뜩 들어있었다. 직원들이 저녁까지 해결할 수 있는 많은 양의 음식을 사다 놓고는 가셨다. 조금 부담스러웠다.

다음 날 조용한 시간에 다시 오셨다. 그분은 한 직원을 불러 다시 비닐봉지를 건네면서, 자신의 옛날 사연을 잠시 들려주고 가셨다.

그분은 12남매 중 막내로 태어나서, 부모님을 일찍 잃고 큰형 집에서 형수 눈칫밥을 먹고 자랐다고 했다. 그게 싫어서 젊은 시절에 도시로 나와, 구두 닦는 일부터 안 해본 일이 없었으며 고생도 많이 했다고 했다. 이후 그분은 나타나지 않았다.

어느 날 그분이 보낸 배달음식이 도착했다. 은숙이는 마음이 불편해지기 시작했다.

'그분도 부인이 있을 텐데.'

'여자인 우리가 이유 없이 공짜로 받아먹기만 해서 되나?' 하는 생각이 들었다. 은숙이는 훗날 말썽이 생길 수도 있다는 걱정이 앞섰다.

'공짜는 일곱 배 비싸다'라고 했다. 거절해야 하는데 한 번인 줄 알았던 것이 실수였다. 이제는 나타나지 않고 배달만 보내니 그분의 마음을 알 수가 없었다. 은숙이는 그분의 선글라스 쓴 얼굴을 보았지만, 그분의 마음을 보지 못했다. 나타나지 않으니 중지해야 할 길이 없었다.

은행에 오시는 그분과 친한 지인으로부터 그분의 이야기를 들을 수 있었다. 그분은 부자로 소문 난 사람이었다. 시골에서 농사를 지으며 살고 있으며, 형제들이나 가까이 지인들에게도 베풀고 사신다고 했다. 그분의 나누는 손에 향기가 나는 것을 보았다.

하지만 은숙이는 그분의 공짜가 부끄러웠다. 혼자만 생각할 수 없었으며, 보이지 않는 곳에 눈이 하나 더 있는 것 같아 미안했다. 나는 은숙이의 이야기를 듣고 충분히 이해가 갔다. 나는 은숙이에게 말해주었다.

"지인에게 배달물을 보내지 말 것을 부탁드리고."
"그동안 고마움의 표현으로 그분 부인에게 선물을 보내주는 것이 좋겠어!"

이후 배달물은 오지 않았다.
마음 편안해하는 은숙이를 보았다.

아무리 좋은 일이라고 해도

상대방이 불편해하면 중지하는 것이 옳은 일이다.

나만 좋자고 해서는 안된다는 말이다.

나의 기분이 중요하듯이,

남의 기분도 상당히 중요하다.

주는 것이든 받는 것이든 조심해야 한다.

상대가 불편해하면 하지 않는 것이

상대를 위하는 일이 아닌가.

맑은 마음

  우리 매장에 이틀에 한 번씩 약속한 것처럼 오시는 할아버지가 있었다. 구십이 넘은 할아버지는 오늘도 첫 버스를 타고 빙그레 웃으면서 들어오셨다. 할아버지는 직원에게 대뜸 이상한 요구를 했다.

  "일본 가는 비행기표 내 놔!"

  직원은 물었다.

  "네? 무슨 말씀이시죠?"

  할아버지는 빨리 달라며 다그치며 화를 냈다.

  "맡겨둔 표 달라고!"

  공항도 아니고 터미널도 아닌데 엉뚱한 곳에서 표를 달라고 하니 황당했다.

  자주 오시는 분이라서 부축해서 옆에 있는 병원으로 모셔갔다. 병원 원장님께 부탁하여 여러 가지 검사를 하고 가족에게 연락했다. 치매 진단을 받았다. 할아버지 가족들이 고마워했다.

그 이후 할아버지는 엉뚱한 말을 하기도 했다.

"고구마 한 자루 가져다줄까?"

가끔 오시면 직원들에게 베개를 달라고 하셨다. 베개 대신 수건 여러 개를 말아서 드리면, 긴 의자에 누우셔서 금방 코를 골고 10분 정도 주무시고 가셨다.

직원들은 할아버지를 귀찮게 생각하는 것 같았다. 나는 직원들에게 눈치 주지 말라고 일렀다. 잠깐이나마 코를 골고 주무시는 것을 보며 언제나 찾아주시는 것에 감사했다. 키가 큰 모습이 돌아가신 아버지 모습 같았다.

어느 날 손을 내보이시면서 말했다.

"이 손이 칼 손이다!"

직원들이 놀라서 쳐다보았다.

"이 손으로 일본 놈들 많이 죽였다! 내가 해병대 헌병 출신이라고!"

옛날 젊은 시절 용기백배할 때 기억이 난 것이다. 그리고는 씩 웃으면서 가셨다.

기억 속의 그 시절이 생각나서 자랑하고 나니 기분이 좋으신 모양이었다. 할아버지는 주머니 속의 기억을 들여다보고 사는 것 같아, 할아버지의 기억 주머니가 더 궁금했다.

손님이 없어 조용한 시간에 다시 할아버지가 오셨다.

"술 한 잔 줘!"

할아버지 안에 많은 사람이 있는 것 같았다. 어떤 때는 술집으로, 어떤 때는 공항으로 참 신기했다. 엉뚱한 말씀을 하시고 싱긋 웃을 때는 어린아이 같아 귀여워 보일 때도 있었다.

치매는 '어리석고 어리석다.'라는 의미가 담긴 말이라고 한다.

비정상일 때도 있지만 정상일 때도 있었다.

말씀 잘 드려서 달래면 알아듣고 가셨다.

그렇게 심하지 않으셔서 나들이도 하시니 그나마 다행이었다.

가는 세월을 누가 마음대로 조절할 수 있겠는가.

할아버지의 눈빛은,

다른 생각이 티끌만큼도 없는 순수한 눈빛이었다.

자식을
효자로 만드는 방법

　친구 혜선이와 나는 미루고 미루었던 여행을 떠나보기로 했다. 젊었을 때는 세월이 느리게 갔지만, 나이가 들어갈수록 세월의 속도가 빨라지는 것을 실감했다. 더 늦으면 걷지 못할 수도 있을 것 같았다.

　혜선이는 다리가 성할 때 만나서 수다라도 떨어보자고 했다. 평소에는 친구도 나도 승용차를 가지고 다녔지만, 이번 여행은 장거리 여행으로 대중교통을 이용하기로 했다.

　가까운 거리는 걸어 다니고 먼 거리는 기차나 버스가 편하고 좋았다. 운전하지 않으니 친구끼리 다정스럽게 오순도순 이야기도 하고, 오랜만에 아름다운 바깥 경치를 보니 기분이 좋았다.

　혜선이는 눈이 침침하고 몸이 예전 같지 않다고 했다. 음식을 먹고 나면 소화도 되지 않고 나이 들어 좋은 것이 하나도 없다는 말을 했다. 더 늙기 전에 같이 여행 다니자고 약속하고 웃었다.

한참을 떠들다 이내 화제는 자식들 이야기로 넘어갔다. 혜선이가 자식들에게 서운했던 이야기를 하기 시작했다. 나도 맞장구를 쳤다. 둘의 여행길은 자식들 이야기로 꽃을 피우며 흥분했다. 결국은 자식들의 허물 이야기가 시작되었다. 친구끼리 나눈 이야기들은 별 승산이 없이 제자리로 돌아왔다.

자식이 나에게 서운하게 하면,
나도 부모에게 서운하게 하지 않았는지,
되돌아 보아야 한다.

자식이 효자가 되고 불효가 되는 것은,
부모의 입에 달린 것 같다.
불효자식 아래는 효자가 나오기 어렵고,
효자 자식 아래는 불효가 나오지 않는다고 한다.

행동으로 보여주든,
입으로 말하든,
효자가 낫지 않은지?

그늘이 시원하면
쉬어가더라

동생은 A약국을 하고 있었다. 약국 명칭을 정하는 것부터, 세세한 일까지 나와 상의했다. 나는 환자들이 편안히 쉬어갈 수 있는 공간을 만들도록 도와주었다.

어느 날 아침, 동생이 A약국에 출근해 보니, 유리창 글자가 칼로 쭉쭉 그어져 있었고, 세워놓은 작은 간판은 불로 지진 흔적으로 검은색으로 변해있었다. 몇 년 동안 한 번도 보지 않았던 CCTV를 돌려보았다.

새벽 2시, 누군가가 간판에 장난을 치고 있었다. CCTV에 나타난 사람은 가로등에 희미하게 비친 남자의 모습인 것을 확인했다.

길 건너의 B약국의 소행으로 밝혀졌다. A약국에 손님이 많다는 것을 알고, 홧김에 이런 일을 저질렀던 것이었다.

B약국에 통보하여 고쳐놓으라고 했다. 불로 지진 것을 수리하

고 유리에 붙이는 종이도 교체하는 선에서 끝냈다. 고발하면 방화범으로 죄가 무겁다고 들었다. 나쁜 행동은 괘씸했지만, 이웃을 고소하고 싶지는 않았다.

B약국을 이해하기로 했다. 당분간 조용했다. A약국은 일찍 문을 열고 늦게 문을 닫았다. A약국은 주변에서 친절한 약국으로 소문이 나 있었다. 복약지도 할 때 손님에게 하나하나 놓치지 않고 설명하는데 정성을 기울였다.

한쪽은 손님이 없고 한쪽은 손님이 북적이니 속이 상한 것이다. 속은 상하겠지만, 부끄러운 일을 하고 나면 후유증은 오래간다. 사람이 때로는 자신의 방향을 잘못 정하여, 감정에 휘말려 버리면 돌아갈 수밖에 없다.

그 후로 B약국은 손님이 더 줄어 손실을 많이 보고 문을 닫게 되었다. 몇 달 후 동생은 A약국의 옆 건물에 새로 병원이 생겨 약사를 한 명 더 채용했다고 했다. 동생으로서는 너무 다행이었다. 나는 세상일이 억지로 되지 않는 것이라는 생각이 들었다.

그늘이 시원하면,
쉬어가게 되어 있다.
편안하게 쉴 수 있으면,
그것이 마음의 그늘이다.

자신이 원하는 대로,
일이 되면 좋겠지만,
일어나는 대로,
받아들이는 것이 중요하다.

기다리는 것도 투자이고,
인내하는 것도 성공의 길이다.
말하거나 행동하지 않아도,
그늘이 시원하면 쉬어가더라.

Part 6

양이 적으면
힘을
쓸 수 없다

학자가 태어날

꿈

　붉은색 연한 꽃무늬 치마를 입고 나풀거리며 시냇가를 거닐
고 있었다. 시냇가의 폭이 넓고 물이 깨끗해 물속이 훤히 보였다.
솔로 닦아 놓은 듯 돌멩이들이 깨끗하고 반질거렸다. 마치 넓은
어항 같았다.

　개울가 뚝 쪽에는 초록색 풀이 어우러져 있어 너무 아름다웠
다. 시냇물은 빛을 받아 마치 별들이 반짝이는 것처럼 빛나고 있
었다. 시원한 바람은 더없이 싱그러움을 주고 있었다.

　나는 강가를 노닐고 있었다. 지금도 그때의 풍광을 떠올리면
종일 기분이 좋아진다. 생각만 해도 마치 천사가 된 것처럼 환상
적이다. 여유롭게 자연을 즐기고 있을 때 저쪽 멀리 깊은 물에
물고기 한 마리가 보였다.

　넓석하고 연노랑 빛깔의 물고기 한 마리가 물 위에서 이쪽으
로 뛰어오고 있었다. 팔짝팔짝 햇빛을 받아 광채를 내면서, 계속

뛰어서 물 위로 오르고 내리기를 반복하며 나에게로 가까이 오고 있었다.

나는 치마를 두 손으로 잡고 물고기가 가까이 오기를 기다리고 있었다. 더디게 가까이 오는 듯했다. 그런데 금방 보였던 물고기가 사라졌다. 찾아도 보이지 않고 나타지도 않았다. 혹시나 하고 옆에 큰 돌멩이를 살짝 밀어보았다.
"어머나, 돌 밑에 가만히 숨어있네!"
나는 기회를 놓치지 않고 물고기를 치마폭에 감쌌다. 그리고 집으로 왔다.

첫 아이의 태몽이었다.
너무도 생생하고 신기하여 친정엄마에게 이야기했다.
노란 물고기는 훗날 학자가 태어날 꿈이라고 했다.

나는 열 달 후에 첫 딸을 낳았다.
딸내미는 어릴 때부터 재능이 탁월했다.
나의 꿈대로 딸은 학교를 졸업하고 학자가 되었다.

반쯤 풀어진

목수건

하얀 눈이 내리는 아침이었다. 차가운 날씨에 호주머니 안에 있는 장갑을 끼고 운전을 했다. 굽은 허리로 길을 걷는 한 할머니가 눈에 들어왔다.

추운데 걷고 있는 모습을 보니 그냥 지나칠 수 없어 가까이에 차를 세워 차 창문을 내렸다.

"할머니 어디까지 가세요?"

"버스 타러 가요."

"할머니! 타세요."

나는 할머니를 태우고 목적지까지 모셔다 드렸다. 할머니는 정말 고마워했다.

할머니는 내리면서 물었다.

"어디에 사세요?"

나는 근처 출근하는 장소를 손짓으로 가리키며 대답했다.

171

"저기예요."

할머니는 환하게 웃었다.

"고마워요."

할머니의 소녀처럼 웃는 모습과 반쯤 풀린 목수건이 내내 가슴에 찡하게 남아 있었다. 차에서 내려 느린 걸음으로 걸어가시는 할머니의 굽은 등을 보니, 돌아가신 어머니의 뒷모습을 보는 듯했다.

다음 날에도 갓길을 가면서 할머니를 찾아보았다. 그다음 날도 역시 할머니는 보이지 않았다. 왠지 서운했다. 그렇게 며칠이 지났지만 내내 그 길 주변에서 할머니의 모습을 찾을 수 없었다. 할머니가 건강하게 잘 계시는지 궁금했다. 차에서 내릴 때 할머니의 소녀처럼 웃는 미소가 눈앞에 자꾸 아른거렸다.

그리고 얼마 지나지 않은 어느 날 직원이 나의 방을 노크했다.

"손님이 오셨어요. 근데 손님 표정이 어두워 보여요. 어떻게 할까요?"

나는 직원에게 손님을 안으로 모시고 오라고 했다. 검정색 정장을 입은 네 명의 남자들이 나의 사무실로 들어왔다. 그냥 딱보기에도 심상찮아 보였다. 다들 진지한 표정으로 나를 바라보면서 들어왔다.

나는 가장 연장자로 보이는 분에게 물었다.

"무슨 일로 오셨습니까?"

그분이 나에게 되물었다.

"며칠 전에 길에서 할머니를 태워 준 일이 있습니까?"

순간적으로 말꼬리를 흐렸다.

"그렇습니다만……."

그때 나는 잔뜩 겁에 질린 표정을 하고 있었다. 영문을 몰라 더 겁이 났다. 괜히 이상한 일에 휘말리는 것은 아닌가 하는 온갖 생각이 머릿속을 스쳐갔다. 그분이 이어서 말씀했다.

"어머님이 사망했습니다."

갑자기 숙연한 분위기가 흘렀다. 순간 나는 깜짝 놀랐다. 며칠 전까지만 해도 말씀도 잘하시고 걸어 다니셨는데 왜 돌아가셨지? 그런데 왜 날 찾아왔지? 불길한 예감이 들어 조용히 생각에 잠겼다.

"어머님이 돌아가시기 전에 말씀하셨습니다. 추운 날 아침 복잡한 출근길에 차를 태워줘서 꽤 먼 길까지 데려다준 고마운 사람이 계신다. 꼭 찾아가서 인사를 하라고 하셔서 찾아오게 되었습니다."

세상이 험한지라 재수가 없으면 엉뚱한 사건에 휘말리는 경우도, 방송에서 들었던 터라 걱정했다. 나는 그분들과 이야기를 나누다가 할머니의 생전 이야기도 듣게 되었다.

할머니는 생전에 고등학교 선생님이었다고 했다. 그들은 할머니의 젊을 때 사진을 보여 주면서, 벌써 가실 거라고 생각도 못 했다며 손수건을 꺼내 눈물을 닦았다.

나도 잠시 보았던 할머니를 생각하며 같이 눈물을 흘렸다. 그분들이 가고 난 후에도 한참 동안 표현할 수 없는 여운이 남았다.

지나가는 어른들을 차에 태워 드리고 감사 인사를 듣는 것도 좋은 일이지만, 세상에는 잘한 것이 못 한 일이 될 수도 있고, 못 한 것이 잘한 것이 될 때도 있다.

돌아가시기 전에 많이 힘드셨을 텐데,
그때의 일을 잊지 않고 감사 인사를 하려고 했다니…….
할머니에게 미안하고 고마웠다.

나를 기억해 주신 할머니의 마음 씀씀이에 가슴이 뭉클했다.
작은 것에도 감사함을 잊지 않으시고 가신 할머니가,
좋은 곳에서 영면하시길 간절한 마음으로 빌었다.

세상에서
가장 큰 호랑이

어느 날 나는 외출을 했다. 햇살이 너무 눈부셔 눈을 반쯤 감고 다녔다. 집에 돌아와 보니, 따스한 햇살이 집안 가득 환하게 비치고 있었다.

마당에는 작은 호랑이 여러 마리가 돌아다니고 있었다. 안방으로 들어서니, 얼룩무늬 호랑이가 방을 가득 채우고 밖을 보면서 점잖게 앉아 있었다.

그림에서도 보지 못했을 정도로 큰 호랑이였다. 주위에는 새끼 호랑이 두 마리가 놀고 있었다. 나는 이상하게도 조금도 무섭지 않았다. 나는 호랑이 옆에 앉아서 바라보고 있었다.

새끼 호랑이들은 나의 다리를 건너 다니면서 놀았다. 꿈이었다. 나는 신기하여 이웃 어른을 찾아가서 꿈이야기를 했더니, 아들 태몽이라 했다.

얼마 후 임신을 했다.

열 달 후, 신기하게도 나는 아들을 낳았다.

꿈에서처럼 아들은 늘 어른스럽고 큰 호랑이만큼 우직했다.

어릴 때부터 엄마의 든든한 보호자 역할을 제대로 해주었다.

나이가 들어 혼사 이야기가 나올 때쯤에,

나무랄 데 없는 사랑스러운 아가씨를 만났다.

모범적인 가정에서 잘 자란 예쁜 여자와 결혼을 했다.

곧 나의 며느리도 호랑이 꿈을 꿀 것이다.

돈에 달린
눈

내가 사오십 대까지만 해도 전화 올 때가 많았고 전화를 걸 때도 많았다. 차츰 전화 오는 것도 줄어들고 하는 일도 줄어들었다. 예전에는 전화번호를 올리고 내리며 확인했지만, 이제는 별로 확인하고 싶은 생각이 없다. 전화를 받거나 하거나 어떻게 되었든 횟수가 확연하게 줄었다.

이제는 궁금하지도 않고, 적당히 내려놓고 살게 되었다. 생활 반경이 줄어서 단순하게 사는 것이 편해서였다. 그 대신 나중에 읽으려고 쌓아두었던 책과 시간을 보내게 되었다.

점심 먹고 포만감에 졸음이 몰려올 때쯤 부산에 사는 친구인 민자가 오랜만에 연락을 해왔다. 참 반가웠다. 자주 만나지 않고 통화하지 않으니, 서로의 안부를 묻고 나면 할 말이 없었다. 그런데 민자가 할 이야기가 있다고 했다.

다름 아니고 카톡에 사진이 없어져서 깜짝 놀랐다고 했다. 나는 카톡 프로필에 항상 나의 사진을 올려놓았다. 경치, 여행 사진을 찍어 올려놓았다. 카톡 프로필에 올려놓은 사진을 보고 민자는 위안을 받았다고 했다.

"살아 있구나!"

나는 민자에게 어떻게 지내는지 물었다. 민자는 재미나는 것을 찾아 즐겁게 지낸다고 했다. 예전부터 산행을 좋아해서 주변에 사람이 많았다. 하지만 나는 산행을 좋아하지 않고 다니는 것을 싫어하니, 인기가 없는 사람이었다.

민자는 이야기가 마무리 될 무렵, 갑자기 가상화폐 이야기를 하기 시작했다.

"가상화폐 많이 하더라."

나는 잘 모르니 듣고 있었다. 신이 나서 코인의 종류를 말하면서 같이 투자해 보자고 했다.

다음 날 다시 전화가 왔다. 나는 가상화폐를 잘 모를 뿐더러 관심이 없었다. 나는 친구의 기분이 상하지 않을 정도의 핑계로 거절 의사를 밝히고 전화를 끊었다.

민자는 십 년 전에도 어디에 투자했다고 하면서, 해결 잘 되면 수십억을 건질 수 있다고 했다. 그때도 지금처럼 의논이 아니고 자신감에 찬 자랑 수준이었다.

같이 가보니 그곳은 건설 현장이었다. 만류를 해보았지만, 소용이 없었다. 그래도 민자 이야기를 무시할 수 없어서 지켜보았다. 한 달 내에 준공 허가가 난다고 했다.

돈은 이미 건넨 상태이고, 냉정하게 보았을 때는 사기라는 생각이 들었다. 지금이라도 발을 빼고 나와야 할 것 같았다. 나도 모르게 고개를 저었다. 민자는 자신감에 넘치다 못해 화를 내면서 확신했다. 빌라를 지어서 분양이 바로 되면 다행인데, 분양이 잘 안 되면 돈을 회수할 길이 없을 수도 있는 것은 자명한 사실이었다.

현장에 가니 아저씨들이 민자를 보고 사장님이라고 불렀다. 건설업자들이 커피도 타주고 대접이 아부 수준이었다. 몇 달 후 소식이 왔다. 한숨을 쉬면서 살고 싶지 않다고 했다. 나는 민자를 만났다. 한 푼도 못 받고 빌라 분양도 되지 않고, 차일피일 미루고 있다는 이야기를 들었다. 책임질 사람은 아무도 없었다.

현장에 사장이나 직원들을 한 사람도 만날 수도 없고 찾을 수도 없다고 했다. 차용증과 받은 서류 뭉치뿐이었다. 그 후 마음고생을 하면서 법원 소송을 했다. 소송해도 그 사람들은 재산이 없어서 받을 길이 없다고 했다. 후회하는 민자의 뜨거운 눈물을 보았다. 때로는 욕심에 눈이 멀어 자기 발등을 찍는 경우가 많이 있다.

가상화폐에 발이 묶여서 힘든 나날을 보내는 민자를 보면서, '돈에도 눈이 있다'는 이야기가 떠올랐다. 훗날 들은 이야기로는 비트코인이 아니었다. 코인의 종류가 많은데 그중에 하나를 사 놓았다고 했다. 다시 민자를 찾았을 때는 자신감을 모두 잃은 모습이었다.

돈을 벌어들이는 것도 중요하지만,
가진 것을 잃지 않고 잘 관리하는 것이
더욱 중요하다는 것을 깨달았다.

헛된 욕심이 문제였다.
욕심이 눈을 멀게 만드는 것 같았다.
오죽했으면,
'돈벌이 모퉁이는 죽을 모퉁이'라고 했을까.

내 편이 많아야
살기가 편하다

내가 잠깐 명품매장을 직접 운영했던 시절의 이야기다. 오랜만에 멀리 사는 친구인 양지 부부가 왔다. 병원에 갔다가 틈이나 잠시 들렀다고 했다. 양지를 만나 재미있는 추억 이야기로 수다를 떨었다. 직원이 마실 음료를 가지고 들어왔다.

양지는 명품매장에 앉아 있는 나를 부러워했다. 어떤 상황인지 남의 속을 알 리가 없었다. 나는 수다를 떨다가 나도 모르게 떠오른 생각을 말해버렸다.

"내일 결제 날인데 돈이 들어오지 않네!"

유심히 듣고 있던 양지가 물었다.

"얼마나 필요해?"

무심코 했던 이야기를 양지는 알아차렸던 것이다. 양지는 선뜻 돈을 마련해 주겠다고 했다.

"내가 여유가 있으니 돈을 보내줄게."

급하게 돌려주지 않아도 된다는 말까지 덧붙였다. 적은 돈이 아닌데도 필요하면 빌려주겠다고 했다. 구세주가 따로 없었다. 부탁하지도 않았는데 마음이 통했던 것이다.

집에 도착했을 무렵 오후에 양지에게서 문자가 왔다. 입금할 계좌번호를 보내 달라고 했다. 계좌번호를 보내니 통장에 돈이 들어와 있었다.

양지가 고마웠다. 생각지도 못한 일로 친구에게 신세를 지게 되었다. 친구 덕분에 편안하게 해결할 수 있었다. 양지에게 전화했다. 필요할 때 며칠 전에만 이야기해 주면 언제든지 보내겠다고 했다. 아무 말 없이 돈을 빌려준 친구가 고마웠다.

이 세상이 총 칼 없는 전쟁터라고 하지만, 좋은 친구 덕에 아쉬운 소리 할 필요가 없었다. 사람은 변하지 않는다는 것을 알았다. 양지는 학교 다닐 때 말없이 무던하더니 지금도 그대로였다. 그 후에 상황이 호전되어 감사함을 전하며 빌린 돈은 돌려주었다.

인덕이 있어야 살기가 편하다고 한다.
내 편이 많아야 살기가 편하다는 이야기이다.
때로는 해야 할 말을 하지 않아서 힘든 경우가 많다.
하고 싶은 말 한마디 해보시길 바란다.
힘들 때 힘들다고 이야기해야 한다.

나의 권리가
중요한 이유

지난 여름 에어컨 설치를 하기 위해서 설치 기사를 불렀다. 설치 기사와 설치 비용을 미리 정하고 다른 업체보다 저렴한 비용으로 설치를 부탁했다. 다음날 설치 기사는 땀을 흘리며 열심히 설치를 했다. 나는 약속한 대로 비용을 지불했다.

그런데 설치 기사는 갑자기 비용을 더 올려서 지불해 줄 것을 강요했다. 약속과는 다르게 이야기 하는데 더운 날 고생해서 시시비비를 가리기가 좀 그랬다. 결국 설치 기사가 화를 내어 어쩔 수 없이 여분의 요금을 지불하고 보냈다.

그 후에 설치 전에 이야기를 나눈 문자를 자세히 적어 보냈다. 다른 곳의 견적서도 같이 보냈다. 설치 기사는 더 올려서 받은 금액의 일부를 환불해 주었다. 큰 금액은 아닐지라도 돌려받았다.

사람에게는 눈에 보이지 않는 양심이 있다. 우리는 불편해하면서 말을 하지 않아서 손해 보는 수가 있다. 말 한마디만 하면 돌려받을 수 있는 돈을, 가치 없이 인심 쓸 필요는 없다. 상대는 절대 고마워하지 않는다. 나의 행동이 오히려 다른 사람에게 더 큰 피해를 줄 수 있다.

　즉시 말을 해야 한다. 정확하게 따지고 수고비는 따로 드리면 된다. 억울해 하거나 힘들어하지 말고 이야기해야 한다. 힘들 때 작은 생각이라도 보태면 고비를 넘기기가 쉽다. 자기의 표현을 머뭇거리고 어물쩍 넘어가면, 속상하고 억울한 심정이 나의 내면에 남는다.

　　정당한 주장을 게을리 하면,
　　사회 질서에 반한다는 것을 잊지 말아야 한다.
　　나의 권리를 버리고 말하지 않아서,
　　어리석은 사람이 되지 말자.
　　해야 할 말을 하는 사람이 현명하다.

좋은 사람이
되어야

약학대학 졸업을 앞둔 이모 딸 은희가 개업한 선배의 약국에서 실습하고 있을 때였다. 어느 날 선배 약사에게 물었다.

"약국을 운영할 때 가장 중요한 것은 무엇인지요?"

선배는 선뜻 말해주었다.

"손님에게 진심으로 친절하게 대하는 것이다. 항상 손님의 입장을 헤아려 손님이 두 번 세 번 물어도, 그때마다 성의껏 답변해서 잘 알려드려야 한다."

그 선배는 프랑스의 약사인 에밀 쿠에의 「자기암시」라는 책을 소개하며, '플라시보 효과'의 이야기를 해주었다.

손님과 친해지면 오고 가면서 들린다. 지인과 약속해서도 들린다. 오고 싶어서 들리기도 한다. 필요할 때는 꼭 오게 된다. 만약에 손님 생각에 약간의 서운한 것이 있거나 부족한 면이 있다 하더라도, 평소에 친절했고 믿음이 있으면 그다음은 조금 마음에 들지 않아도 이해해 준다.

　옛말에 '제 중신 제가 한다.'라는 이야기가 있다. 한 손님이 열 손님을 모시고 와서 단골이 되기도 하고, 한 손님이 열 손님을 데리고 나가기도 한다. 다른 사람의 기분을 나쁘게 하면 내 기분은 더 나쁘다.

　　좋은 사람 곁에는 좋은 사람이 늘 있다.
　　나부터 좋은 사람이 되어야 한다.
　　나의 말 한마디가 비수가 될 수도 있고,
　　한 사람의 인생을 살릴 수도 있다.

　　꽃밭에 똑같은 물을 뿌려도,
　　각자 다른 모양의 꽃이 나온다.
　　각각의 내면이 다르기 때문이다.

　　가만히 상대에 대해 귀를 기울이면,
　　상대의 마음 안에 있는 것이,
　　나한테도 있음을 알 수 있다.
　　다른 사람과 내가 다르지 않음을 알 수 있다.

양이 적으면
힘을 쓸 수 없다

나는 방학이 되면 이모집에 자주 놀러 갔다. 이모집에 남동생 형제 두 명이 있었다. 형은 동수이고 동생은 남수였다. 형 동수는 덩치가 크고 힘이 세어 이모부를 따라 농사일을 많이 했다. 동생 남수는 왜소했고, 늘 책상에 앉아 공부하는 모습으로 기억되었다.

형은 늘 불만이 많았다. 하루도 쉬지 않고 노동 일만 하니 몸이 힘들고 고달팠다. 동생은 공부를 열심히 해서 대학교수가 되었다. 형은 동생이 노동 일을 하지 않고 편안하게 사는 것 같아 부러웠다. 이모부는 형 동수가 어릴 때부터 놀기만 좋아하고 공부를 하기 싫어하는 것을 알고 있었다.

이모부는 형 동수가 노는 모습이 눈에 자주 띄니 동수를 데리고 농사를 짓고 있었다. 그와 달리 동생은 어릴 때부터 책을 좋아했다. 장난감 대신 책을 가까이하고 놀았다. 열심히 공부하여 학교에서 항상 우등생이었고 이모의 자랑거리였다.

지금에서야 형은 공부하지 않은 자신에 대해 후회했다. 형은 어릴 때부터 놀기를 좋아해 잘할 수 있는 일이 별로 없었다. 동생은 지금도 책을 손에서 놓지 않았으니 유명인사가 된 것이다.

형은 농사꾼이 되고 동생은 대학교수가 되었다. 생각대로 살지 않으면 몸이 고달픈 법이다. 아인슈타인이 말했다. 어제와 똑같이 살면서 다른 내일을 기대한다는 것은 어리석다고 했다.

누구나 타고난 천성은 무시할 수 없지만, 행동은 습관에 의해서 만들어진다. 성공할 수 있는 사람은 성공하는 습관을 지니고 있고, 실패하는 사람은 실패하는 습관을 지니고 있다고 한다.

형은 늘 몸이 고달프고 힘들어 공부하지 않은 자신을 탓했고, 동생은 남이 보기에는 몸은 편해 보일지라도 마음이 고달프다고 이야기했다. 어느 것이 좋을지 아무도 모른다. 눈에 보이는 것으로 평가할 수는 없다.

평가는 언제나 세월이 하는 것 같다.
사람에게는 그 어떤 것도 평가대상이 아니다.
형도 동생도 가치가 있다.

쉬지 않고 가는 것이 양으로 나타난다.
어떠한 것도 양이 적으면 아무것도 할 수 없다.

태산은 흙 한 줌도 마다하지 않아
태산이 된 것이다.

인생에서 모든 일이 양이 결정한다.
물 한컵은 물 한컵의 물일 뿐이지만,
바다의 많은 물은 강력한 힘이 있듯이.

양이 많아야 승리한다.
비록 적은 것이라도
매일 쌓이면 거대한 힘이 생긴다.
천리 길도 한 걸음부터라고 하지 않던가.

한 발자국만 더 걸었더라면 만날 수 있을 것을,
마지막 한 발짝 앞에서
우리는 힘들어하고 좌절하고 포기한다.

우리는 기적이란 것을 기대하는 것 같다.
기적이란 우연히 오는 것이 아니다.
하찮은 일이라도 꾸준히 하면,
습관이 되어 기적을 이룬다.

Part 7

온전한
나로 사는
방법

고민 안에 있는
그림자

8월 한여름 한낮의 불볕더위를 피해, 기온이 23도로 내려간 저녁쯤에 밤마실을 나왔다. 시원한 바람을 맞으며 정원의 개구리 소리를 듣고 있었다. 누군가 가까이 다가오고 있었다. 여자 같기는 한데 검은색 옷을 입어서 쉽게 분별이 되지 않았다.

가까이 다다랐을 때에야 누군지 알아볼 수 있었다. 자세히 보니 옆 동에 사는 이웃 언니였다. 언니도 운동하러 나왔다며 말을 걸었다.

"커피 한잔할까?"

근처 카페에 앉아서 이야기를 나누었다. 젊을 때 언니는 고급 승용차를 타고 나름대로 부유하게 잘 살았다. 슬하의 두 아들을 미국 유학을 보냈고 직장에 다닌다고 했다.

지금은 남편의 잘못된 판단으로 큰 재산을 잃었다. 설상가상으로 뇌경색이 와서 경제활동을 할 수 없게 되었다. 당뇨 증상이 심각하고, 고지혈증에 고혈압까지 있어서 음식 조절이 필요하다고 했다.

아파트에서 나의 유일한 말벗은 그 언니밖에 없었다. 언니의 품위 있고 고급스러운 모습이 좋았다. 나름 과거의 화려한 기억 때문에 지금 힘들어하는 것이 아닌가 하는 생각이 들었다.

나이 들면 많은 돈이 필요하지도 않을 것인데 마음의 문제일 수도 있다. 힘들어하는 모습을 보면서 과거에 갇혀 있다는 느낌이 들었다.

독일의 작가 에크하르트 톨레는 「NOW」에서,
'최고의 예술은 과거를 내려놓는 것'이라고 했다.
과거에서 벗어나는 것이 그렇게 힘들다는 이야기이다.
인생은 되돌아오는 길이 없다.
한번 놓아버린 것은 본래대로 오기까지 많은 시간이 걸린다.

눈을 떠도 꿈이고
감아도 꿈이다

햇볕이 어스름하게 넘어가는 늦은 오후. 시장길에서 길을 잃었다. 전혀 모르는 처음 가는 길로 가고 있었다. 아무리 생각해도 처음 보는 길이었다. 한참을 헤매고 또 헤맸다. 처음 보는 길에 어찌해야 좋을지를 몰랐다.

자꾸 어딘가를 계속 가고 있었다. 지나가는 사람들 모두 낯설었다. 시골의 시장 골목길에서 얼마나 헤매고 있었는지……. 뭐하러 여기에 왔는지 무엇을 사려고 시장에 왔는지 도무지 알 수가 없었다.

눈물은 흘리지 않았지만 울고 있었다. 눈에 보이는 것이 모두 낯설고 처음 보는 건물과 집들뿐이었다. 멀리 보이는 해는 산을 반쯤 걸치고 있었다. 아파트 건물은 불그스름한 연한 주홍빛으로 변해 있었다.

해가 넘어가고 있는 것을 실감할 수 있었다. 어둠이 찾아오고 있었다. 결국 어둠 속에서 나는 길을 헤매게 되었다.

집에 가야 한다는 생각뿐이었다. 오직 집이 나타나기를 간절히 바라며 걷고 또 걸었다. 슬프고 암담했다. 눈에 보이는 사람은 난생처음 보는 다른 세상에 사는 사람들뿐이었다.

그때였다. 예쁘고 가느다란 목소리가 들렸다.

"엄마! 어디가?"

부르는 소리가 분명 딸의 목소리였다.

뒤돌아보았다. 딸이었다.

빠른 걸음으로 달려와 안겼다. 반가워서 둘은 안고 어쩔 줄 몰랐다.

"할머니!"

어디서 아이 목소리가 들렸다. 손자의 목소리였다. 반대 방향에서 들려왔다. 우리 예쁜이 소리 같다면서 반대쪽으로 몸을 돌렸다.

세상에서 가장 예쁜 우리 손자가 달려오고 있었다. 손자는 학교 갔다 오는 길이라고 했다. 손자하고 딸하고 셋이서 반가워서 양쪽에 손을 꼭 잡고, 또 놓칠세라 어서 집으로 돌아왔다.

깨어보니 꿈이었다. 꿈이어서 정말 다행이었다. 방송에 코로

나 환자가 연일 최고 수치를 갱신하고 있었다. 세상이 심각해지고 있었다. 예약했던 항공권이 취소되었다.

며칠 후 딸과 카톡으로 영상통화를 했다. 심각해진 코로나 상황에 대해 이야기 나눴다. 그리고 딸과 손자를 볼 수 없어 헤매는 꿈 이야기로 마무리했다.

전염병이 끝나기를 간절한 마음으로 기도했다.

지금 전염병이 심한 것이 꿈이었으면 하는 심정이다.

세상사가 '눈을 떠도 꿈이고, 감아도 꿈'이다.

입고 싶었던

그 바지

내가 서울에서 지방으로 이사 한지 두 해가 지났을 무렵이다. 친구 덕자가 가까이 이사를 왔다. 가끔 전화로 또는 만나서 수다를 떨면서 지난 학창 시절 이야기 하며 마음에 들지 않았던 친구들 이야기를 하고 한바탕 웃었다.

"너한테 할 말이 있어!"

덕자는 나를 쳐다보며 갑자기 할 이야기가 있다고 했다. 학창 시절에 내가 입었던 바지가 마음에 들어서 나에게 물었다.

"그 바지 너무 예쁘다! 나도 사 입고 싶어! 어디서 샀어?"

나는 대답했다.

"너는 이런 옷 못 사 입어. 비싸!"

우리 집안 사정을 빤히 알고 있는 나의 대답에, 덕자는 그때 아무 말도 할 수 없었고 가슴에 상처로 남아 있다고 했다.

이야기를 듣고 문득 지금 내 앞에 친구의 모습과 학교 다닐 때 친구의 모습이 오버랩 되면서 그 옛날 학생 시절의 모습이 떠올랐다. 우리 둘은 갑자기 조용해졌다. 나는 기억이 나지 않았다. 하지만 친구의 말을 듣고 너무 미안했다.

"그래? 어떻게 그런 일이! 생각은 나지 않지만 그렇게 철없는 말을 해서 네가 너무 속이 상했겠네. 미안하다. 그때는 내가 시근이 없어서 그런 말을 했지만, 어린 마음에 상처받았을 거야. 충분히 이해해. 내가 잘못했어! 이번 기회에 너의 마음이 풀렸으면 좋겠어."

덕자는 학교 다닐 때 항상 도시락을 혼자 먹곤 했다. 어쩌다 지나다가 슬쩍 보면 친구는 도시락 뚜껑을 닫았다. 그때는 별로 친하지 않아서 그냥 그러려니 했다.

같은 차를 타고 다니다 아침에 마주칠 때면, 하얀 교복이 늘 다림질이 덜된 것 같았던 기억이 있다. 그리고 어느 날 친구 엄마가 머리에 이고, 무엇인지는 모르지만 행상하는 모습을 보았다. 그때 기억으로는 '넉넉하지는 않구나.'라는 생각을 하게 되었다. 친구의 이야기를 듣고. 학창 시절이지만 그 친구의 마음을 헤아릴 수 있었다.

"나는 왜 가난하지? 나는 왜 못생겼지?"

사람은 누구나 다른 시선으로 보면 부족한 면이 있다.

하지만 그것을 자신의 가치로 생각하지 말아야 한다.

가난하다고 해서 자신을 열등하게 생각할 필요는 없다.

나라는 사람은,

스스로 자신을 바라보는 시각으로 변해간다.

자신의 가치는 자신이 만드는 것이다.

잘난

의사 딸

미영 언니는 여행을 좋아하는 편이라서 한 달이 멀다고 해외여행을 다녔다. 여행에서 돌아오면 사람들을 불러놓고, 이야기보따리를 신나게 풀었다. 언니는 재밌는 이야기꾼이었다.

언니의 슬하에 내과 의사인 딸이 한 명 있었다. 모녀지간이었지만 성격이 맞지 않아 늘 티격태격하는 사이였다. 하루는 딸 이야기를 하면서 속상해했다. 내 이야기 좀 들어보라고 하면서 시작했다.

"우리 딸이 40살이야. 나이 많은 줄 모르고 시집을 안 가네. 어떻게 하면 좋니?"

언니가 딸에게 결혼하라고 하면, 딸은 퉁명스럽게 대답했다.

"엄마나 시집가세요."

언니는 조금 있으면 죽을 나이가 되는데, 딸을 결혼시켜야 누다리 뻗을 수 있을 것 같다며 걱정이었다.

말을 물가에 데리고 갈 수는 있어도 물을 억지로 먹일 수는 없는 일이다. 답답한 언니의 마음을 이해는 하지만 나이 많은 여자가 어디 요즘 세상에 하나 둘인가.

아들이든 딸이든 결혼을 늦게 하는 자식들이 예전보다 많아졌다. 부모의 입장에서는 빨리 결혼시켜 보내고 싶은 마음이 이해는 되지만, 그게 마음대로 잘되지 않는 것은 사실이다. 지켜봐주면 아들딸들도 알아서 짝을 찾으리라 생각한다.

결혼하는 것은 한세상을 여는 것이다. 결혼은 인류지대사로 일생일대의 큰 행사이다. 어떤 일을 하려고 할 때는 하나의 세계를 파괴하지 않고는 되지 않는다.

우리는 언제나 적응하면서 살아갈 수밖에 없다.
적응은 나를 성장하게 하고 전진하여 나아가게 한다.

마음대로 되지 않는다고 불평하기 전에,
해볼 수 있는 데까지 애써봐야 한다.

결혼 또한 도전이다.
도전은 많은 것을 감수해야 가능하다.

앞에 달린
남의 주머니

고목인 망고나무에 망고가 주렁주렁 달려서 탐스럽다. 살랑살랑 바람이 망고를 쓰다듬고 지나다니는 모습을 보고 있으니 마음이 편안해져 왔다. 하와이에서 망고나무는 어디든지 볼 수 있는 광경이다.

시원한 바람, 자연이 빚어놓은 푸른 바다가 환상이다. 나는 딸하고 TV를 보고 있었다. 외출하고 들어온 사위는 욕실로 들어갔다. 사위는 욕실에서 나와 윗도리를 입지 않은 채 방으로 들어갔다.

마침 그때 나는 사위가 윗도리를 입지 않고 들어가는 모습을 보았다. 사위가 위에 옷을 벗은 모습이 보기가 불편했다. 딸에게 다음부터는 윗도리는 욕실 안에서 입고 나오라고 시킬 것을 당부했다.

조금 후에 아들이 왔다. 오후에 해변 구경도 하고 새우요리 집에서 식사하기로 했다. 아들은 욕실로 들어갔다. 씻고 나와서 나의 옆에 앉았다.

그때 딸이 물었다.
"엄마! 아들은 엄마 앞에서 윗도리 벗어도 괜찮아요?"
나는 아들이 벗고 있는 줄도 몰랐다. 어쩌면 엄마 눈에는 보이지 않았는지도 모르겠다.

인간에게는 주머니가 두 개 달려 있다고 한다.
하나는 앞에 달려 있고, 하나는 뒤에 달려 있다.
앞에 달린 주머니는 남의 것이고, 뒤에 달린 것은 나의 것이다.
인간은 앞에 달린 남의 주머니만 보이고,
뒤에 달린 자기 주머니는 보지 못한다.

아들이라는 이유로 사위와 속으로 차별했던 것이 미안했다. 아들에게 한마디 했다.
"어서 옷 입어. 왜 다 큰 사람이 웃옷을 벗고 있니?"
딸에게는 미안했다. 아들은 내 아들이고 사위는 백년손님이다. 아들과 사위를 같이 생각하는 것 같으면서 약간의 거리는 있는 것 같았다.
아들 앞에서 엄마가 실수해도 내 아들이니까 생각한다. 사위

앞에는 장모가 말이라도 실수하면 딸에게 혹시 흠이 될 수 있다
는 노파심에서 자연히 조심하게 된다.

누구나 상대를 그대로 보면 내가 편하다.
마음의 문을 열고 보아야 한다.
상관없는 일을 자기의 마음에 들지 않는다고,
충고한 것이 잘못이다.

세상에서 가장 하기 쉬운 것이 충고라고 했다.
지나고 보니 사위든 아들이든,
윗도리가 문제가 아니라 내 마음이 문제였다.
내 생각을 바꾸면 되는 것을.

사소한 것은
없다

결혼 전 직장생활을 할 때의 일이다. 나는 지방으로 발령이 나서 집을 구하려고 하던 중, 직장동료의 소개로 할머니가 혼자 사는 주택을 보러 갔다. 대문 기둥에 붙어 있는 벨을 눌렀다.

체구가 넉넉한 할머니가 나와 문을 열어주었다. 방을 보러 왔다고 하니, 할머니는 처음 보는 나를 반갑게 맞아 주었다. 집을 둘러보니 그런대로 괜찮았다. 할머니는 무척 좋아하시며 집세도 낮추고, 화장실도 따로 만들어주겠다고 했다. 혼자 사는 할머니하고 엄마처럼 잘 지낼 수 있어서 좋았다.

할머니는 아침마다 방문을 열고 들어오셔서 이불속에 발을 넣고 이야기를 하셨다. 지병인 당뇨가 심하다고 했다. 식사시간이 되면 같이 식사하자고 불렀다. 나는 할머니가 해주시는 음식은 당뇨식이라 맛이 없어서 먹을 수가 없었다.

할머니는 내가 출근하는 시간에 맞추어, 옥상에 올라가서 멀리 보이지 않을 때까지 손을 흔들어 주셨다. 한참을 걸어가다 뒤를 돌아보면 보이지 않을 때까지 서서 바라보고 계셨다.

옥상에는 채소를 심어서 오이랑 호박이 주렁주렁 열려 있었다. 호박 넝쿨 사이로 할머니는 소녀처럼 웃으며 마음을 담은 큐피드 화살을 보내고 있었다.

퇴근하는 시간이면 나를 기다리고 계셨다. 빨래를 씻어놓고 갔다 오면 걷어서 개어 놓았다. 엄마처럼 자상하게 챙겨 주시는 할머니를 보면 늘 고마웠다. 같이 사는 동안이라도 잘해 드리려고 노력했다.

늦게 오는 날에는 주무시지 않고 기다리고 계셨다. 가끔 늦을 때면 할머니가 기다리지 않게 전화를 꼭 드렸다. 겨울이 가까워지니 기온이 내려 밤에는 추웠다. 하루는 할머니가 나를 기다리며 졸고 계셨다.

어느 날 할머니의 이야기에 넋을 놓고 듣게 되었다. 할머니는 20살에 결혼하여 남편은 전쟁터에서 전사했다고 했다. 그 후 먹고 살길이 막막하여, 시골을 다니면서 생선 행상으로 생계를 이어갔다고 했다. 할머니는 어려웠던 그 시절에 혼자 온갖 힘든 일을 하며 겪은 이야기를 했다. 사람들에게 받은 크고 작은 상처의 경험담을 말했고, 집을 지을 때 부실공사로 사기를 당하면서 느끼 이야기를 들려주었다. 나는 아직도 할머니의 그 말씀 하나하나를 소중히 기억하고 있다.

"세상의 모든 일은 사소한 일로 시작한다.
그것들이 모여 큰 일이 만들어진다.
나에게 소중한 일이 남에게 대수롭지 않을 수 있다.
지금 몸이 아픈 것도 내가 몸을 함부로 한 결과다.
세상에 사소한 일이란 없다."

할머니는 나이 들어 병까지 생겨, 아프지 않은 곳이 없다면서 슬퍼했다. 나는 면사무소에 가서 혼자 사는 독거노인 혜택을 받을 수 있게 알아보자고 했다. 할머니는 신청해도 되지 않는다고 했다. 젊은 시절에 시아버지가 큰 시숙 아들을, 할머니 이름 아래 양자로 올려놓았다고 했다. 그러니 할머니 밑에 아들이 한 명 있어서 혜택을 받을 수 없다고 했다.

나는 그렇게 몇 년을 할머니와 살았다. 늦은 오후 할머니에게서 전화가 왔다. 병원이라고 했다. 무릎이 아파서 입원했다고 했다. 일을 마치고 할머니가 계시는 병원으로 갔다.

그 무렵 나는 다른 곳으로 발령이 났다. 처음 낯선 이곳에 와서 정들었던 할머니를 혼자 외롭게 두고 가기가 힘들었지만 이별해야 했다.

나는 할머니가 계시는 병원을 찾아가서 떠나야 하는 이유를 설명했다. 할머니는 이야기를 듣고 기운이 하나도 없어 보였다. 나는 성의껏 만들어온 봉투를, 할머니 손에 건네 드리고 병원 문을 나왔다. 어둑한 병원의 골목길이 한없이 서글펐다. 무심히 짙어 오는 어둠을 등지고 집으로 돌아왔다.

그날 저녁 나는, 마음 둘 곳 없고 갈 곳 없는 사람 같았다. 할

머니도 나와 같은 마음이리라 생각이 들었다. 할머니가 하시던
말씀 하나하나가 사소한 것은 없었다.

자주 생각나는 사람은 정말 그리운 사람이다.
대수롭지 않게 여기는 사소한 일이,
어떤 사람에게는 소중한 추억이 되기도 한다.

인도의 성자가 말한 것처럼,
할머니와 나와의 인연이,
30년 전에 이미 정해져 있었던 일인지 궁금했다.

달리 위로할 길이 없었다.
나의 수첩 속에 있는 할머니의 주소와 전화번호는,
수첩이 없어질 때까지 소중히 남아 있었다.

욕심은 채워도
행복하지 않더라

옆 동네에 친구 말숙이가 살고 있었다. 말숙이 아버지는 일찍 돌아가셔서 계시지 않았다. 말숙이는 엄마와 남동생 도재와 함께 세 식구가 살고 있었다. 남동생 도재는 가난이 너무나 고통스러워, 친구 상진이와 함께 고시 공부를 하기로 마음먹었다.

합격만 하면 부와 명예를 누리며 잘 살 수 있다고 생각했다. 열심히 노력한 끝에 고시에 합격하여 법관이 되고 높은 자리에 올랐다. 함께 공부한 상진이도 합격하여 같이 법관 자리까지 올랐다.

도재는 부와 명예를 가졌지만, 만족하지 못했다. 부와 명예만 가지면 행복해지리라 생각한 것이 착각이었다. 도재는 부는 배고픔의 수단이었고, 명예는 남들이 알아주는 의존적인 가치였다는 것을 깨달았다.

도재는 나날이 불만이 쌓여갔다. 어느 날 거울에 비친 자신의 얼굴을 보게 되었다. 깜짝 놀랐다. 짐승의 얼굴로 변해있는 자신의 모습을 보고, 자기 자신도 놀라 실망하고는 직위도 버리고 어디론가 사라져 버렸다.

그리고 세월이 한참 흘렀다. 법관으로 자리에 남아 있던 친구 상진이와 우연히 만났다. 도재와 상진이는 마주하며 이야기를 하였다. 친구 상진이는 도재의 마음속에 현실과 욕구 간에 큰 차이를 극복하지 못하고 있다는 것을 알게 되었다.

사람의 마음이란 항상함이 없다. 상진이는 도재의 욕심 덩어리를 보았다. 우리는 원하지 않는 것과 마주하면 분노로 변하여 얼굴에 드러나기 시작한다. 나의 의도와 관계없이 행동이 변한다. 도재는 다른 사람들의 가치와 나의 가치가 다름을 인정하지 못한 것이다.

내 욕구만 바라보고,
자아실현의 만족을 느끼지 못하여,
목적은 이루었으나 행복하지 않았던 것이다.

온전한

나로 사는 방법

거센 겨울바람이 유리문을 마구 흔드는 겨울 날씨다. 두꺼운 코트를 입은 노부부가 우리 사무실을 방문했다. 나는 굽어진 허리를 보니 칠십 대 후반 팔십 대 초반은 되어 보였다. 직원이 노부부에게 따뜻한 유자차를 대접했다. 예의를 다해서 정중하게 말했다.

"어르신 차 한 잔 드세요"

그런데 갑자기 할머니가 화를 버럭 내며 말했다.

"어르신이 뭐야! 나이도 몇 살 되지도 않는데 오빠라든지 아저씨라든지 해야지!"

직원은 자신이 뭘 잘못했는지 몰라, 사장인 나를 쳐다보며 어리둥절한 표정을 지었다.

그리고 한참을 가만히 있었다. 직원은 조금 무안한 기색으로 살짝 나에게 귀뜸했다.

"어르신이란 말이 야단맞을 정도로 무례한 말인가요?"

할머니는 남편이 나이 많아 보이는 것이 싫어서 화가 난 것 같았다. 누가 봐도 팔십을 바라보는 할아버지였다.

신발은 흙이 달라붙어서 논에서 일하다가 오신 것 같아 보였다. 머리도 자주 감지 않은 듯 군데군데 새집이 있었다. 흰 머리카락도 많이 보였다. 직원은 영감님을 대접해서 어르신이라 했건만, 할머니 귀에는 어르신이라는 말이 마음에 들지 않는 모양이었다.

노부부는 볼일을 마치고 갔다. 노부부에게 누구도 '오빠 안녕히 가세요'라고 인사하는 사람은 없었다. 노부부가 가고 나서 나와 직원들은 함께 의아해했다.

노부부의 모습은 어김없는 할아버지와 할머니였다. 그러나 자신의 마음은 아직 늙지 않았던 것 같았다. 나는 노부부가 떠난 후, 한참 생각하게 되었다. 나는 다른 사람에게 어떤 모습으로 비추어지고 있는가?

화를 내기보다는 듣기 좋은 말이 기분이 좋다.

젊은이에게 충고나 지시는 하지 않는 것이 이로울 때가 많다.

대접은 받으려면 먼저 대접을 해주어야 하는 것도,

존중받는 어른의 모습이 아닐지.

늙음이 죄가 아니듯,

그냥 온전한 나로 받아들여,

나답게 사는 것이 자유가 아닌가 싶다.

파도가 밀려오고 밀려가듯,

어디에도 구속되지 말고

나답게 살기로 했다.

Part 8

나의
생각만으로는
위태롭다

금일봉

오랜만에 절친인 근희에게서 전화가 왔다. 나는 근희와 가까운 한식당에서 만났다. 근희는 지난밤에 남편과의 말다툼을 하소연하듯 말했다.

남편은 먼저 출근하면서 잠자는 근희를 깨워 말했다. 책상 위에 금일봉을 넣어두었다고 하면서 출근을 했다.

"웬일이야?" 하면서도 봉투를 발견하고 감사하게 생각했다.

'이럴 수가 있나?'

봉투를 열어보니 달랑 만 원권이 한 장 들어있었다. '후' 하고 불어 봉투 안을 다시 보아도 만 원짜리 한 장이 분명했다. 뜻밖의 상황에 한 대 얻어맞은 기분이었다. 금일봉이면 적어도 수십만 원은 상식이라고 생각했다. 어젯밤의 사소한 말다툼에 남편이 화풀이한 느낌이었다. 남편의 행동이 도무지 이해되지 않았다.

하지만 이런 일로 따지고 싶지 않았다. 이런저런 상황들을 생각하다 보니까, 화가 조금 해소되는 것 같았다. 남편과 다툼으로 에너지를 더 낭비하지 않기로 했다. 근희는 잘못을 지적하지 않고 덮어주면 남편도 미안한 생각이 들 것이라고 생각을 바꾸었다.

지난밤 다툼이 자신의 돈 때문에 지나치게 따지듯 행동한 것이 원인이었다. 남편에게 같이 외식을 하자면서 화해의 손길을 보냈다. 남편에게 호의를 베풀고 이해해 주려고 노력했다. 식사가 끝나자 남편은 메모 쪽지를 근희의 손에 건네주었다. 쪽지에는 이렇게 적혀 있었다.

"금일봉으로 화나게 해서 미안해."

다투지 않고 정이 들어야 한다.
상대방의 잘못을 지적하기보다
먼저 용서해주고 덮어주면
오히려 내 마음이 편안하다.

힘들게 살지
말아요

나는 등굣길에서 공장에 출근하는 동숙이와 자주 마주쳤다. 나와 동숙이는 가까운 친척으로 또래였다. 동숙이 아버지는 6.25 전쟁 때 허리를 다친 장애인으로, 평생 일을 할 수가 없었다.

어머니도 몸이 좋지 않아 늘 골골했다. 동생이 두 명이나 있었다. 동숙이는 중학교를 졸업하고 공장에 다니며 가정경제를 책임지는 소녀 가장이었다.

세월이 많이 지난 어느 날, 나는 동숙이가 잘생긴 남자와 자주 데이트하는 모습을 보았다. 시집갈 나이도 되어가니 결혼할 남자가 생겼나보다 생각했다. 얼마 후 동숙이의 둥실둥실한 몸을 보고, 결혼해서 임신했다고 혼자 생각했다. 하지만 엄마로부터 동숙이에 대한 안타까운 이야기를 듣게 되었다.

동숙이 엄마는 우리 엄마에게 말했다.

"서울에 나쁜 사람 찾으러 가요."

동숙이 엄마는 임신한 딸을 데리고 서울에 있는 남자를 찾아 갔다. 그 남자는 유부남이었다. 아내가 있었고 형편도 넉넉하지 않았다. 결국 좋지 않은 모습만 보고 돌아왔다.

동숙이는 그 남자와 인연을 끊고, 혼자서 아이를 키우며 열심히 살았다. 아들이 어쩌다 그 남자와의 비슷한 행동을 보이면 동숙이는 미쳐버린다고 했다. 이후 성인이 된 아들은 장가도 가고 아이도 생겨 행복하게 살고 있다.

동숙이는 고생으로 키운 자식을 아직 놓지 못하고, 가까이에서 맴돌고 있다는 소식이 들렸다. 누구의 잘못이라 할 수 없는 상황에서, 나는 동숙이에게 측은지심이 생겼다.

유부남에게 당하여 평생을 살아가는 동숙이는, 아직도 자신을 용서하지 못하고 밧줄로 꽁꽁 묶고 있었다. 나는 지인들로부터 동숙이의 안타까운 사연을 들을 때마다, 가슴이 아팠다.

고통의 세월을 지나오면서 단단해지지 못하고, 동숙이 얼굴에는 늘 수심이 가득했다. 지금은 충분히 행복하게 살아갈 수 있는데 자식에게 집착하느라, 자신이 행복해질 기회를 놓치고 있는 것으로 보였다.

이제는 암울했던 세상과 자식에 대한,

집착에서 벗어났으면 했다.

웬만한 것들을 수용하며,

나 자신을 찾았으면 하는 마음이 들었다.

젊을 때 쉽게 흔들려서 고통 속에 살았다면,

지금은 받아들이고 살 나이가 되었으니,

자신에게 너그러워져야 하지 않을까?

자책하지 말고,

더 이상 고달파 하지 말고,

귀한 나로 바꾸어 살아가기를 바랄 뿐이다.

전혀 기억이
없다

　우리 집 둘째 언니는 어린 시절에 엄마에게서 받은 상처를 선명하게 기억하고 있었다. 많은 시간이 지났는데도 엄마와 큰 언니에 대한 피해 의식이 남아 있었다.

　둘째 언니는 큰 언니와 두 살 차이로 어릴 때는 큰 언니와 체격이 비슷했다. 엄마는 항상 큰 언니의 편으로, 옷도 큰 언니가 입은 옷을 물려 입었다.

　둘째 언니가 초등학교 3학년 때, 설날 엄마가 큰 언니에게 새 운동화를 사주었다. 갑자기 시샘이 난 둘째 언니는 새 운동화를 진흙탕에 내팽개쳤다. 큰 언니는 엄마에게 일렀다. 엄마는 둘째 언니에게만 나무랐다.

　둘째 언니는 큰 언니의 편만 드는 엄마와 큰 언니가 밉고 억울했지만, 위기를 모면하기 위해 감정을 숨길 수밖에 없었다. 어린 마음에 상처가 생겨, 오래도록 그때의 상처를 지니고 있었다.

성인이 되어도 간혹 엄마에 대한 애틋한 마음보다 영문 모를 억울함으로 화가 치밀었다. 자신도 모르게 엄마와 다투는 일이 자주 생겼다. 그때마다 화가 올라왔다. 상대방에게 받은 상처는 본인에게 되돌려 주면 치유된다는 것이 마치 사실인 것 같았다.

둘째 언니는 엄마와 단둘이 이야기할 기회가 생겼다. 어느 날 엄마에게 웃으면서 초등학교 3학년 때 야단맞았던 기억을 이야기했다. 엄마에게 사과를 받고 싶어서였다. 하지만 엄마는 말씀하셨다.

"전혀 기억이 없다! 너를 얼마나 애지중지 키웠는지 알기나 해!"

엄마의 이 말에 어느 정도 이해는 가지만, 듣고 싶은 말을 듣지 못했다.

오래된 불만일지라도 털어놓아야,
자신이 자유로워진다.
내가 느끼고 있는 그대로를
상대에게 전달하여야 한다.

불만이 없는 것처럼 할 필요는 없다.
자신의 불만을 적절하게 터뜨릴 줄 알아야
나로부터 편안해지며
내 안에 상처 또한 사라진다.

비록 둘째 언니는 엄마에게서
듣고 싶은 이야기는 듣지 못했으나,
옛날 이야기를 털어놓고서야
상처가 서서히 사라졌다.

쌓인 상처를 꺼내놓아야
자유로워진다.

망망대해의
등대

한국에서 모범생으로 성장한 딸이 미국 유학을 떠나는 날이었다. 대한민국의 딸로서 자랑스러운 사람이 되어야 한다고 말했다. 같이 유학을 떠나는 한 학생 엄마는 공항에서 눈물을 흘리고 있었다.

자식을 멀리 보내는 엄마는 모두 같은 마음일 것이다. 멀어지는 비행기를 바라보니 눈시울이 뜨거워졌다. 말도 통하지 않는 곳에서 고생할 것을 생각하니 걱정에 뜬눈으로 밤을 새웠다.

나는 딸에게서 전화 오기만을 기다리고 있었다. 드디어 기다리던 딸의 전화가 왔다.

"엄마 잘 도착했어요. 또 전화할게요."

비행기에서 멀미는 하지 않았는지 그 사이에 아픈 데는 없었는지, 물어보고 싶은 것이 많았는데 야속하게 전화가 끊겼다.

며칠 후 기다리던 전화가 왔다.

"엄마! 영어로 하는 이야기가 무슨 말인지 모르겠어! 하나도 귀에 들리지 않아요."

나는 딸의 말을 듣고 머리가 새하얗게 변했다. 나의 귀에는 집에 가고 싶다는 말로 들렸다. 엄마의 마음인 것이다.

딸은 어릴 때부터 영어를 배워서 제법 잘하는 편이라고 생각하고 있었다. 잘할 수 있다고 믿으면서도 힘이 죽 빠졌다. 조금 기다려 보기로 하고 아이의 마음을 진정시켰다.

한 달쯤 지났다. 딸의 전화였다.

"엄마! 이상해! 누가 뒤에서 시키는 것처럼 영어가 입에서 술술 나와요!"

나는 마음이 놓였다. 한국에서 영어를 잘한다고 해도, 현지에서 적응하는 데 시간이 필요하지 않았나 생각이 들었다.

딸이 보낸 편지에 적혀 있었다.

"엄마! 아름다운 이곳에서 공부할 수 있도록 보내주셔서 감사해요."

아이들이 성인이 되면,
독립적인 인간으로 살아갈 수 있도록,
도와주어야 한다.

어떤 판단도 스스로 할 수 있게,

지지해주고 믿어주어야 한다.

망망대해에서도 등대 불빛을 보며,

넓은 바다에서 자신의 길을 찾게 된다.

걱정하고 불안해하면,

아이들은 더 힘들다.

부모는 언제나 멀리서,

지켜주는 등대가 되어야 한다.

허물

어느 날 민호가 나를 찾아왔다. 민호는 근처에 사는 사촌 동생의 아들이다. 민호는 어릴 때부터 이모인 나를 잘 따랐다. 힘든 일이 생기면 늘 나와 상의했다. 민호는 대기업에 취직을 한 후에 여자 친구를 사귀게 되었다고 말했다.

"이모! 여자 친구가 정신적으로 힘들어해서 고민이 많아요! 엄마하고는 비밀로 하고 이모가 한 번 만나서 사연을 들어주었으면 좋겠어요!"

앞으로 결혼할 생각이라고 했다. 나는 민호의 여자 친구인 주경이에게 직접 고민을 듣는 게 좋다고 했다.

다음 날 나는 주경이와 약속한 커피숍에서 만나 사연을 듣게 되었다. 주경이는 고등학교를 졸업하고 취업을 한 직장인이었다. 외동딸로 태어나 직장에 다니는 엄마와 지냈다. 엄마는 바쁘다는 핑계로 주경이를 보살피지 못했다.

어쩔 수 없이 하루의 많은 시간을 혼자서 지내게 되었다. 가정의 따뜻함을 전혀 느낄 수 없는 환경에서 자랐다. 주경이는 아빠의 사랑이 무엇인지도 몰랐다. 외로운 마음에 고등학교 3학년 때부터 남자 친구를 사귀었다.

남자 친구를 사귀기 시작하여 1년을 넘기지 못했다. 헤어지면 또 남자 친구가 생기고, 또다시 헤어지기를 반복했다. 마음 아픈 상황을 수차례나 겪었다. 사귀던 남자 친구는, 하나같이 절교를 선언하고 도망치듯 곁을 떠났다. 반복된 상황에 또다시 혼자가 되었다.

그 후 민호를 만나 사랑하게 되었다. 그렇지만, 언젠가 민호 씨도 자기를 떠날 것이 염려되어 불안과 걱정이 앞선다고 했다.

주경이는 남자 친구로부터 버림받는 자기 모습에 너무 화가 난다고 했다. 자존감이 너무 낮아 열등의식에 사로잡혀 있었다. 속마음에 형성된 아픈 기억에 사로잡혀 불행한 자신을 한탄하고 있었다.

나는 주경이가 말하는 구체적인 상황들을 종합해 보았다. 주경이가 남자 친구를 사귀는 방법에 근본적인 문제가 있다는 것을 알았다. 그것은 매사에 두루 적용되는 잘못된 신념과 연관이 있었다.

남자 친구와 헤어지는 과정에서 겪은 일을 새로운 남자 친구와의 대화에서 전부 발설해야 마음이 편안했다. 서로 연인관계에서 있을 수 있는 질문에 과잉 반응하여, 상대방에게 자세히 이야기했다. 상대방에게 자신이 이야기한 이상으로, 과거를 털어놓아야 직성이 풀리는 성격의 소유자였다.

"혹시 남자 친구를 사귄 적이 있나요?"
남자 친구의 관점에서, 무심코 던진 말이었다. 그냥 못 들은 척해도 아무 문제가 없는 일이었다. 하지만 주경이는 전부 털어놓아야 속이 시원했다.

과거는 과거일 뿐이다.
모든 과거를 다 털어놓아야 하는 것은 아니다.

그러나 남자 친구에게 이러한 질문을 받은 주경이는 달랐다. 자신의 지난 과거를 솔직하게 밝히고, 새로운 남자 친구와 새롭게 시작하고 싶었다. 새로운 남자 친구에게 구체적인 내용을 상세하게 알리고 남자 친구의 반응을 보았다.

처음에는 새로운 남자 친구가 모든 것을 이해해 주는 것 같았다. 사귄 지 6개월이 지나가면 서서히 이별 연습을 하고 헤어졌다.

자신의 지난 과거를 상세하게 알려야 한다는 것은
인간관계 측면에서 주의해야 한다.

쓸데없는 자기 개방은 누구에게도 도움이 되지 않는다. 특히
이성 간의 대화에서는 조심해야 할 필요가 있다. 남녀 간의 필요
없는 서로의 지난 과거 이야기는 미래에 도움이 될 수 없다.

주경이의 불안하고 힘들었던 마음을 치유하고, 인간관계를 다
시 공부하게 하였다. 나와의 몇 차례의 대화를 통해 깨달음으로
그간의 고통에서 벗어날 수 있었다. 최종적으로 남자 친구와 같
이 서로 이해하고 상대방을 인정하는 좋은 만남을 이어갈 힘이
생겼다.

그로부터 1년 뒤 민호에게서 연락이 왔다. 결혼식 초대장이었
다.

지난 과거의 이야기를 새삼스레 들추어내는 일은,
서로의 행복한 삶을 방해하는,
치명적인 상처가 될 수 있다.
상대방에 의지하여 독립적이지 못한 사랑은,
집착으로 몰고 갈 가능성이 커진다.

화해의
시간

　오랜만에 친구 민아를 만났다. 한참 학창 시절의 이야기를 수다를 떨다가 민아가 갑자기 진지하게 하소연을 털어놨다. 민아는 미술학원을 운영하고, 남편은 회사원으로 슬하에 외아들 상훈이가 있다고 했다.

　아들 상훈이 문제로 걱정스럽다고 했다. 상훈이는 이제 막 대학교 입학한 신입생이었다. 상훈이는 아빠에 대한 적개심이 피해 의식으로 남아 있었다.

　초등학교 1학년 때의 일을 아직도 생생하게 기억했다. 어느 날 엄마와 같이 TV를 보고 있었다. 저녁 늦게 아빠가 술에 취해 귀가했다. 엄마는 상훈이에게 방에 들어가 자라고 말했다. 아빠가 술에 취하면 엄마와 자주 싸웠다.

　방에 들어가서 자는 척하고 이불을 덮고 가만히 누워있으면 부모님의 다투는 소리가 들렸다. 자기도 모르게 거실에서 들려오는 소리에 귀를 기울이고 있었다.

거실에서 아빠가 고함을 치며 엄마에게 함부로 대하는 말들이 들렸다. 엄마가 불쌍하다는 생각에 엄마를 지켜야 한다는 마음을 먹게 되었다.

"내가 어른이 되면 아빠를 가만두지 않을 거야! 엄마를 괴롭힌 만큼 갚아 줄 거야!"

엄마와 아빠의 부부싸움은 계속되었고, 상훈은 엄마에 대한 애잔한 생각이 들었다. 아빠를 때리고 싶을 정도로 분노의 감정이 올라와 있었다. 대학생이 되어서도 그때의 그 기억이 떠올라 자신도 놀랐다. 상대하기 싫을 정도로 아빠가 미웠다.

어느 날 아빠가 밤늦게 만취되어 귀가한 것이 계기가 되었다. 지레짐작으로 엄마를 보호해야겠다는 생각이 들었다. 혹시 오늘도 엄마를 괴롭히면 자신이 개입하겠다고 다짐했다.

만취한 아빠의 모습에 엄마가 잔소리를 했다. 아빠는 불쾌한 목소리로 엄마를 나무랐다. 상훈이는 엄마를 나무라는 아빠의 손을 꽉 잡고 밀쳐냈다. 화난 목소리로 엄마에게 그러지 말라고 소리쳤다.

"엄마를 괴롭히면 내가 가만히 있지 않을 거야!"

그런 일이 있고 난 뒤 상훈이와 아빠의 관계가 더욱 악화하였다. 아빠는 상훈이의 행동이 괘씸하고 용서할 수 없는 일이라고 생각했다.

상훈이는 술 취한 아빠의 모습이 미웠다. 부자간의 냉전이 시작되었고, 아빠는 상훈이의 용돈을 끊어버렸다. 하지만 상훈이는 아르바이트를 전전하며 아빠에게 저항했다.

이러한 상황에서 친구 민아는 말했다.

"너가 상훈이를 한 번 만나 줄래?"

다음 날 상훈이를 직접 만났다. 상훈이는 무척 화가 나 있었다. 아빠에게 대들었던 행위에 대해서 반성의 기미가 보이지 않았다. 어릴 때 아빠가 엄마에게 폭력을 가했다는 사실이 떠올라, 자기도 모르게 아빠에게 대들었다고 했다.

나는 친구 민아에게 상훈이 아빠를 뵙고 싶다고 말했다. 그 후 상훈이 아빠를 만났다. 상훈이 아빠에게 상훈이의 속마음을 이야기 해주었다.

"상훈이가 어릴 적 기억을 이야기해줬는데 아빠가 엄마에게 고함치고 때려서 지금도 상처로 남아 있다고 했습니다."

나의 이야기를 듣고 있던 아빠는 깜짝 놀라며 이렇게 말했다.

"느닷없이 무슨 말씀을 하시는지 모르겠네요. 나는 지금까지 살아오면서 아내를 한 번도 폭행이나 함부로 한 일이 없어요. 무슨 말씀인지요?"

그다음 주에 아빠와 상훈이가 직접 대면하는 시간을 가졌다. 부부싸움이 빚어낸 어이없는 오해가 상처의 시발점이 되었다. 상훈이는 아빠에게 무례한 행동을 반성하고 잘못을 사과했다.

아빠는 자신이 원인을 제공했다며 반성했다. 상훈이의 등을 쓰다듬으며 안아주었다. 이렇게 하여 부자지간의 갈등은 원만하게 마무리되어 서로 화해가 이루어졌다.

자초지종은 이렇다. 상훈이가 초등학교 1학년 때, 아빠가 엄마에게 신체폭력을 가한 것이 아니라, 엄마의 잔소리에 화가 난 아빠가 거실의 바닥을 쳤던 것이 오해를 불러 일으킨 것이다.

상훈이는 거실에서 들려오는 '바닥 치는 소리'를, 아빠가 '엄마에게 신체폭력을 가하는 소리'로 착각했다. 그리고 강산이 변하는 세월이 지나도록, 아빠를 증오하고 원망의 대상으로 생각했다.

부부싸움을 아이 몰래 하면,
괜찮다고 생각하지 말아야 한다.

부부는 한 방향을 바라보며,
서로 마음을 맞추어가는 것이다.
서로 존중하며 부족한 것을,
채워주며 살아야 한다.

아이가 듣고 있다.
우리는 아이의 마음을 잘 모른다.
잘 안다고 착각할 뿐!

나의 생각만으로는
위태롭다

스마트폰이 울렸다. 학교 후배인 서영이 목소리였다.

"언니! 할 이야기가 있어! 언제 시간 좀 내줘요!"

나는 인근의 공원에서 서영이를 만났다.

서영이는 최근에 일어난 일을 소상히 말했다.

서영이는 화장품 회사의 부장으로 근무하고 있었다. 회사에서 회의 중, 사장으로부터 업무에 관한 심한 질책을 받고 침울해졌다.

다른 직원들이 있는 데서 싫은 소리를 들었다. 모욕감마저 들고 다른 직원들에게 얼굴을 들지 못할 정도로 자존심이 상했다. 그런 일이 있고 난 뒤, 자기를 잘 따른다고 생각했던 부하 직원들이 하나같이 자기 의견을 무시한다고 느꼈다.

회사에 출근하는 것이 지옥과 다름없었고, 하루하루가 견디기 힘들었다. 그동안 당당하고 잘 나가던 자신의 모습은 온데간

데없었으며, 자신의 신세가 초라하기 그지없었다. 사장과 직원들 사이에서 인내가 한계에 달했다. 이제는 퇴사 밖에 길이 없다고 말했다.

서영이는 힘든 표정을 감출 수가 없었다. 긴 시간 동안 흐르는 눈물을 주체하지 못했다. 회사 일에 지친 마음에 남편에 대한 원망까지 올라왔다. 이런저런 핑계로 회사를 그만두고 싶어 했다. 하지만, 자신이 일을 해야 하는 상황이라 더욱 비참하게 느껴졌다. 이럴 때 경제적으로 힘이 되어주지 못하는 남편마저 싫어졌다.

남편은 공무원으로 결혼 후부터 경제적인 부분을 각자 해결했다. 서로 도움 없이 한집에 사는 허울뿐인 부부라고 호소했다.

서영이는 그간의 태도로 보아, 갑자기 그럴만한 이유를 알 수 없었다. 사장에게 영문도 모르고 일방적으로 당하고는 일말의 대꾸도 못 했다. 직원들과 평소에 관계를 잘 해왔다. 생일이나 명절 때마다 잊지 않고 선물을 챙겨주는 등 하지만 직원들은 서영이에게 그런 적이 없었다.

이야기를 듣고 보니 두 가지의 의문이 들었다. 그동안 서영이가 질책을 당하는 원인이 어디에 있는지 알고 싶었다. 사장의 의중을 물어보기로 했다.

또 하나는, 직원들이 서운하게 대하는 것이 궁금했다. 직원들은 서영이에게 서운한 일이 있을 거라는 생각이 들었다.

며칠 후 서영이가 사장과 대화하는 도중에 몇 번이나 확인하라는 지시를 했지만, 지시사항을 어겼다는 사실을 깨달았다. 자신의 불찰을 인정하고 사장에게 사과했다. 속이 후련해지며, 그동안 쌓였던 오해는 풀어졌다.

부서 직원들과 함께 커피를 마시면서 진지하게 물어보았다. 하나같이 서영이의 행동에 서운함을 주장했다. 직원들에게 개인적으로 사과했다.

시간을 두고 차근차근 실마리를 풀어가며, 나와 대화를 거듭할수록 많이 차분해지고 자신을 꿰뚫어 보는 힘이 생겼다. 심리적으로 편안해졌음을 확인할 수 있었다. 많은 깨달음을 경험하고 있다는 것을 느꼈다.

우리는 자신의 입장에서 상대방을 판단하는 수가 있다.
실제로 상대방이 어떤 생각을 하는지는,
전혀 모르고 간과할 경우가 많다.
'아마 그럴 것 같다'라는 지레짐작은,
전혀 다른 생각으로 오해를 불러일으킬 때도 있다.

세 번과

스물세 번

 큰 형부가 가족들이 모인 자리에서 할 이야기가 있다고 했다. 우리 자매는 귀를 기울여 무슨 이야기인지 듣기로 하고 조용히 기다렸다.

 큰 형부는 스마트폰을 아들에게 건네면서 앱을 사용하는 방법을 아들에게 물었다.

 "민수야! 이것 좀 해봐!"

 민수는 능숙한 손놀림으로 아버지에게 가르쳐주었다. 몇 시간이 지나자 아들이 가르쳐준 것을 새까맣게 잊어버렸다. 아들에게 또 물어서 겨우 알았다. 저녁에 사용해 보려니까, 뇌의 기억장치가 고장 난 듯 또다시 가물거렸다. 아들에게 또 물어보는 수밖에 달리 방법이 없었다.

 "민수야! 한 번만 더 가르쳐주면 좋겠네!"

 민수는 짜증 난 목소리로 말했다.

"지금 몇 번째인지 알아요? 안 해도 되잖아요! 뭐 하러 그런 거 하려 해요? 그만 하지 마세요!"

큰 형부는 아들의 행동에 서운했다. 이미 고인이 된 황수관 박사의 강의에서 들었던 '아버지와 아들의 까치 이야기'를 들려주었다. 이야기를 듣고 있던 민수는 미안한 기색으로 말했다.

"그때는 제가 아기였잖아요!"

이런 일이 있고 난 후, 민수는 큰 형부가 다시 물어도 친절히 가르쳐 주었다.

치매기가 있는 백발노인인 아버지와 아들이 대청마루에 앉아 있었다. 마침 창가에 까치 한 마리가 날아와 앉았다. 아버지가 물었다.

"얘야, 저게 뭐냐?"

"아버지, 까치예요."

"그래 오냐, 고맙다."

아버지가 두 번째 또 물었다.

"얘야, 저게 뭐냐?"

아들은 귀찮다는 듯이 대답했다.

"금방 까치라 했잖아요!"

"오냐, 고맙다."

아버지가 세 번째 또 물었다.

"얘야, 저게 뭐라고 했지?"

아들은 짜증스럽게 큰소리로 대답했다.

"금방 까치라 했잖아요! 그것도 못 알아들어요? 몇 번이나 대답해야 아시겠어요! 까치요, 까치라고요!"

화가 난 아들의 목소리에 아버지는 아무 말도 할 수 없었다. 아들의 차가운 말투에 상처를 받은 아버지는 말없이 옛날 일기장을 꺼내어 보았다. 그 일기장은 아버지가 33세 때 쓴 것이었다. 그 일기장에는 이렇게 적혀 있었다.

세 살짜리 내 아들과 대청마루에 앉아 있었다.

마침 창가에는 까치 한 마리가 날아와 앉았다.

호기심이 많은 세 살 먹은 아들이 나에게 물었다.

"아빠, 저게 뭐야?"

"얘야, 까치란다."

아들은 또 물었다.

"아빠, 저게 뭐야?"

"얘야, 까치란다."

아들은 묻고 또 물었다.

내 아들은 연거푸 스물세 번을 물었다.

나는 스물세 번을 까치라고 답을 하면서,

내 마음이 왜 이리 즐거운지 모르겠다.

내 아들이 너무 귀엽고 사랑스러워서 품에 안아주었다.

그래서 아들은 말을 배울 수 있었다.

언젠가부터 전해 내려오고 있는 '아버지와 까치의 이야기'였다. 황수관 박사의 특강 내용을 발췌하여 다듬어 고쳐 적은 글이다. 너무 감동적이어서 가슴이 먹먹해졌다.

　　자식은 세 번만 물으면 화를 낸다.
　　하지만 부모는 스물세 번을 물었는데도,
　　그 자식이 사랑스럽다.

　　그것이 부모의 마음이다.
　　부모님이 살아계실 때 효도하는 모습은,
　　우리 아이들이 그대로 따라 한다.

그래, 그래, 괜찮아!

때론 울고 때로는 웃으며 쓴 글을
마무리하면서 무척 설렜다.
나에게 설렘은 고마움이다.

하얀 눈이 내려오다 땅에 떨어져 없어지듯
내가 하고 싶었던 말들이
바람이 일 때마다 허공이 되었다.

내 가슴속이 무엇인가에 찔려 아픈 날
나는 나를 다독였다.
"그래, 그래, 괜찮아!"

누군가 이 글을 읽고 벌떡 일어나
또 다른 시선으로 세상을 바라보며
힘을 얻길 비는 마음이다.

까칠한 세월을 보내고 있는 당신에게
따뜻한 말 한마디 전하고 싶다.
"그래, 그래, 괜찮아!"

항상 나를 응원해주는 많은 분들께
진정으로 감사드립니다.
끝까지 읽어 주신 독자님들 고맙습니다.

2021년 화사한 봄날에

박현진

내가 몰랐던 정답

초판인쇄	2021년 5월 18일
초판발행	2021년 5월 27일

지은이	박현진
발행인	조현수
펴낸곳	도서출판 프로방스
기획	조용재
마케팅	최관호 백소영
편집	권은하
디자인	토닥

주소	경기도 고양시 일산동구 백석2동 1301-2
	넥스빌오피스텔 704호
전화	031-925-5366~7
팩스	031-925-5368
이메일	provence70@naver.com
등록번호	제2016-000126호
등록	2016년 06월 23일

정가 15,800원
ISBN 979-11-6480-135-0 03810

길을 잃었다.

멀건 대낮인데도 길이 보이지 않았다.

길을 찾지 못하고 헤멨다.

눈에 보이는 세상은 온통 가시였다.

그 후 나는 오랜 시간 책과 마주했다.

나에게 또 다른 기회가 다가왔다.

잃었던 것보다 더 가치 있는 것을 찾았다.

긴 시간을 돌고 돌아 20년이 걸렸다.

내가 나를 귀하게 생각하지 않으면

누구도 나를 귀하게 여겨주지 않는다.

세상이 온통 가시로 보이는 이유는

자신만의 아름다움을 발견하지 못한 까닭이다.

– 본문 중에서 –

힘들게 살지 말아요

내 가슴속이 무엇인가에 찔려 아픈 날
나는 나를 다독였다.
"그래, 그래, 괜찮아!"

누군가 이 글을 읽고 벌떡 일어나
또 다른 시선으로 세상을 바라보며
힘을 얻길 비는 마음이다.

까칠한 세월을 보내고 있는 당신에게
따뜻한 말 한마디 전하고 싶다.
"그래, 그래, 괜찮아!"

03810

9 791164 801350

ISBN 979-11-6480-135-0

값 15,800원